내 일 을
위 한
힌 트

기준영
소설

내일을
위한
힌트

문학동네

차례

다미와 종은, 울지 않아요

"발이 묶이기 전에……"라고 내가 말했다. 해변에서 놀다 온 아이의 바지 주머니에서 모래가 새어나오듯이, 내 집 창가에서 나도 모르게.

"무슨 봄 날씨가 이래? 어젯밤엔 춥더니 오늘은 또 후덥지근하네. 작년 봄도 이랬나?"

종은이 어깨를 덮는 긴 머리칼을 빗으로 빗어 내리며 다가와 투덜거렸다. 내가 내뱉은 소리를 듣고 짐짓 딴청을 부리는 건 아닌 듯했다.

"여기가 답답해서는 아니고?"

내가 그렇게 묻자 종은이 샐쭉 웃으며 다시 돌아서서 침대로 향했다. 이층 침대의 아래 칸이 내가 종은에게 내준 잠자리였다.

"뭐, 난 베개에 머리만 대면 금세 잠드니까."

종은이 침대에 올라 몸을 곧게 펴고 누웠다. 나는 그 앞으로 가 바닥에 쭈그려앉으며 "잠깐만" 하고는 말을 이었다. "낮에 웃기는 일이 있었다. 그게……"

나는 원룸에 살지만 짐이 많지 않아 두 사람이 지내기에 비좁지는 않았다. 작년 겨울 이곳으로 이사한 후로 실내 청결과 환기에 신경을 써서 깔끔한 환경을 유지해왔다. 이층 침대는 전에 살던 집에서 가져온 유일한 가구였는데, 나는 이층만 사용해왔기에 종은의 등장으로 비로소 일층 매트리스가 제 용도를 찾았다. 열흘 전의 일이었다. 종은이 손가방 하나 달랑 들고 내 집에 찾아온 게. 우리는 그때까지만 해도 아무런 사이가 아니었다. 고등학교 1학년 때 잠깐 알고 지냈으니 영 모르지는 않는 사람. '초면에 실례가 많지만'이라고 운을 뗄 수는 없는 상대. 내 단짝 친구의 친구. 단짝과도 오래전에 연락이 끊겼으니 그날 내게 가장 자연스러웠을 감정은 당혹감이었을 것이다. 하지만 실제로 그런 느낌이 들지는 않았다. 보이지 않는 무언가와 겨루는 기분이 들었고, 그 무언가가 빠르게 나를 이겼다. 종은은 '다른 곳' '다른 사람'이 정말로 필요했다고 말했다. 아니면, 다른 곳에서 다른 사람이 되어야 한다고 했던가?

"『대학사계』라는 잡지에서 널 봤어. 새언니가 그걸 구독하거든. 내 취향은 아냐. 어쩌다 들춰본 거지. 신기하지 않니? 딱 알아보겠더라. 잡지사에 바로 전화했지."

종은은 이메일로 이미 다 했던 이야기를 내 얼굴을 마주하고 다시 읊어대기 시작했다. 검정고시로 대학에 간 학생 여섯 명을 인터뷰한 그 기사에서 나는 고교 자퇴 후 보통의 경우보다 이 년 늦게 대학에 들어간 사람, 이름 이다미, 대학교 1학년생, 엄지손톱보다 약간 큰 얼굴 사진 등등의 도막 난 정보로 구성되어 있었다. 심지가 곧고 주관이 뚜렷한 다른 다섯 명의 학생에 비하면 한줄기 빗금 같은 흐릿한 존재감이었다.

불가해한 혼란을 대할 때의 태도는 살아온 날의 습관으로부터 영향을 받을 텐데, 나는 함몰되지 않고자 차라리 열려버린다. 뭔가가 내 안에서 열리고, 또 열린다. 바람이 사방으로 들어 커튼이 펄럭펄럭 휘날리고, 종잇장과 옷가지들이 바닥 여기에서 저기로 쓸려 다니고, 비상벨이 울리고, 벽지와 조명등이 떨어져 내리는 통제 불능의 공간에서 힘을 빼고 두 다리와 두 팔을 크게 벌려 서는 자. 그 사람이 나란 생각으로 그 순간을 받아들인다. 나는 종은에게 문을 열어주었다. "들어와. 손부터 씻어. 밥은 먹었어?" 그리고 어느새 이렇게, 평소라면 신경에 거슬렸을 법한 집 안팎의 변화들을 같이 즐길 만한 이야깃거리로 만들어내려고 움직거리게끔 되는 것이다. 이를테면 '낮에 겪은 웃기는 일' 같은 것을.

"내가 세탁소에 청바지 단 줄이러 갔거든. 근데 그 남자가 거기 있더라, 그 오광빌라 삼층. 주인아주머니한테 이야기하는 걸 들어보니까 가죽 재킷 안쪽 천하고 소맷부리 바깥 부분에 얼룩이 진 모양이더라고. 안과 겉을 두루 다 신경쓰는 사람이네, 하고 생각하고 있는데 갑자기 그 사람이 뒤돌아서더니 나한테 말을 거는 거 있지."

종은이 침대 위에 가만히 누운 채로 눈을 게슴츠레 뜨고 나를 올려다보았다.

"뭐야? 반한 거야?"

"이름은 공인태."

오광빌라는 옆 건물이었고, 삼층은 내 집 창에서 마주 바라보이는 곳이었다. 동네에서 작은 문구점을 하는 할머니가 그곳에 혼자 살았는데, 어느 날인가 문구점에 '당분간 쉽니다'라는 안내문이 붙고 할머니도 보이지 않더니 어느새 낯선 젊은 남자가 그 집에 등장했다. 창가에서 하모니카를 부는 그 말끔하고 예쁜 얼굴이 우리 둘의 눈길을 동시에 잡아끌었다. 이삿짐이 들고 나는 걸 본 적은 없기에 종은과 나는 그가 할머니의 손자일 거라는 짐작을 나눴다.

"손자 맞더라."

나는 인태에 대해 알게 된 정보들을 종은에게 전해주었다. 지난달 말에 문구점 할머니는 당신 아들이 사는 강원도로 쉬러 내려가면서 남양주에 사는 손자에게 시간 될 때 가끔 오가며 집을 둘러봐달라고 부탁했다. 원래는 여름이나 겨울, 초등학교 방학 기간중에 아들네 딸네를 돌아가며 며칠씩 쉬어왔는데 이번에는 갑자기 일이 그렇게 돼버렸고, 며칠이 아니라 한 달간 있을 예정이다……

"아버지가 귀농한 지 오 년째래. 재작년부터 감자 농사해서 온라인으로도 판다던데, 우리 그거 한번 주문해볼까?"

"어머, 너 개 붙잡아두고 심문이라도 한 거야?"

종은이 짓궂게 말꼬투리를 잡자 나는 약간 수줍어하며 더듬댔다.

"아니, 옷 맡기고 밖으로 나오니까 먼저 나갔던 그 사람이 날 기다리고 서 있잖아. 그래서 내가 동네도 좀 알려줄 겸 그, 저, 그 사람 오토바이를 타고……"

"오토바이? 어렸을 때 오토바이에 치일 뻔해서 보기만 해도 질색한다던 사람, 지금 어디에 있지요?"

종은이 침대에서 나와 냉장고 쪽으로 걸어갔다. 그리고 야채 칸에서 당근, 오이 몇 개와 함께 뒹굴고 있던 마스크 시트 하나를 꺼내들고 다시 침대로 돌아왔다.

"네가 악기 다루는 남자한테 약하다는 건 인정! 그럼, 이제 나 그만 자도 되겠니? 낼 아침 일찍 일어나야 한단 말이야."

종은은 필름 포장지에서 마스크 시트를 꺼내 얼굴에 붙이고 드러누운 뒤 얼마 안 있어 코를 골면서 곯아떨어졌다. 나도 오래지 않아 불을 끄고 휴대폰으로 빛을 밝혀 침대 이층으로 올라갔다.

종은은 눕기만 하면 잠이 저절로 오는 모양이었다. 아버지가 협심증 진단을 받은 후 과민해진 오빠 때문에 얼마나 지겨운지 모르겠다며 몸서리치는 시늉을 했던 날에도 일찌감치 누워 잤던 게 기억났다.

"오빠가 아빠 노릇까지 하려 들어서 사람을 두 배, 세 배 힘들게 만들어. 화가 나면 홱 돌아버리거든."

미친 잔소리꾼 오빠와 그의 울분 어린 여동생. 그건 알고 보니 실제가 아니었다. 종은의 오빠는 인형처럼 귀여운 세 살짜리 딸을 둔, 수려한 외모에 슈트가 잘 어울리는 사람이었다. 나는 그가 무슨 문화재단에서 일하는 행정가와 결혼을 했고, 고모부 소유의 건물에서 배우처럼 말끔하게 생긴 남자를 홀매니저로 두고 큰 한정식집을 운영한다는 사실을 알게 됐다. '한식의 세계화'라는 주제로 그 한식당을 조명한 텔레비전 프로를 종은과 함께 시청하며 이야기를 주고받았기 때문이다. 종은은 "저건 잊을 만하면 재탕되네" 하고 툴툴거리면서도 끝까지 제대로 시청한 적은 없는 듯했고, 이번에도 그랬다. 오빠가 괜찮은 사람 같다는 내 말에는 뜻밖에도 고개를 수그려 눈길을 피하면서 이렇게 대꾸했다.

"네 말이 맞아. 오빠는 괜찮고, 실은 내가 안 괜찮은 사람이 야. 등록금을 날려버렸거든. 길바닥에 뿌린 거나 다름없어. 가 라는 데로는 안 가고 딴 길로 새다 딱 걸린 거지 뭐. 아빠 병에 내가 꾸준하게 큰 몫 하고 있다고 오빠가 한창 벼르고 있어."

나는 종은이 말은 그렇게 해도 곧 제자리로 돌아가리라고 보았기에 그렇구나, 하고 고개를 끄덕였을 뿐 이러쿵저러쿵 긴말을 보태지 않았다.

종은이 불만족스러운 꿈길에서 방황중인지 뭐라 웅얼대다 소리쳤다.

"꺼져버려, 미친놈아!"

나는 벽 쪽으로 몸을 틀어 모로 누웠다. 잘 모르는 사이인 이웃집 남자의 오토바이에 올라탔던 낮의 일 때문인지 카페인 을 과다 섭취했을 때처럼 정신이 말짱했다. 오토바이…… 정 말 홀린 듯 올라탔다.

잠을 설치는 밤에는 때로 악몽을 꾸었기에 어떤 책에서 읽 은 대로 미리 꿈을 설계하는 방법을 시도해보곤 했다. 보고 싶 은 장면을 머릿속으로 그려보는 것이었다. 이날은 '악기를 다 루는 남자한테 약하다'라는 종은의 표현이 불러일으킨 감정의 파장 속으로 기어들었다. 종은이 내게 들어 어렴풋이 알고 있 으나 직접 목격하지는 못한, 그러니까 종은의 편에서 볼 때 미 지인 나의 방향으로.

시간의 저편에서 한 중학생 남자아이가 학교 옥상, 소화기가 놓인 벽을 등지고 선 채 혼자 바이올린을 켜고 있었다. 낭만적이고 기이한 취미였다. 나는 그애에게서 고백이 담긴 자작시와 향수를 선물받고 부담스러워서 그를 피해 다녔다. 그러면서도 그애가 바이올린을 연주하는 모습을 지켜보기 위해 몇 번 옥상에 올라가 말을 붙이기도 했다. "왜 여기 혼자야?" 전혀 그 이유를 모르겠다는 듯 말간 얼굴로. 그의 연주가 슬프게 들리는 날에는 애절한 감상에 사로잡혔는데, 그 여운을 깨뜨리지 않고 유지하고 싶다는 욕망 때문에 비가 오는 어느 날 그애에게 입을 맞추고는 다시는 그리로 올라가지 않았다. 그날의 빗속 레퍼토리를, 나는 온전히 기억하지 못했다. 그 일로 남에게 모욕을 받았기 때문일 것이다. 시간이 훨씬 더 흐른 지금은 내가 느꼈던 모욕감 때문에 오히려 더 극적이고 아련한 추억이 되었다.

입맞춤을 하고 며칠 지난 후였다. 그날은 공교롭게도 만우절이었다. 우리 반이 옆 반으로, 옆 반이 우리 반으로 이동하는 장난을 쳤다. 옆 반은 그 남학생의 반이었고, 그 반의 담임은 국어 선생이었다. 마침 옆 반이 국어 수업 시간이었기에, 우리 반 학생들은 이미 약속한 대로 모두가 얼굴을 빤히 쳐들고 한 손으로는 턱을 괸 채 국어 선생을 맞이했다. 근엄한 사람에게 짓궂게 장난칠 수 있게 됐다는 데 쾌감을 느낀 내 표정은 아마도 한껏 웃음을 머금고 있었을 것이다.

국어 선생은 크게 동요하지 않았다. 그저 입술을 비죽 내민 채 학생들을 죽 훑어보고는 밖으로 나갔고, 잠시 후 어디선가 책을 한 권 가져와 술렁거리는 학생들 앞에 다시 섰다. 선생은 내가 앉아 있던 열을 택해 맨 앞자리의 학생부터 맨 끝자리의 학생에 이르기까지 그 책을 소리 내어 읽게 했다. 앞사람이 틀리게 읽으면 뒷사람이 그 책과 함께 그다음 대목을 이어받는 일종의 '읽기 릴레이'였다. 학생들은 선생의 태도가 짐작보다 훨씬 완고하다는 걸 확인하고 실망했다. 여기저기서 탄식이 들렸으나, 다들 '수업인 듯 수업이 아닌 시간'을 만들어냈다는 데에 자족하고 상황을 받아들였다.

내 차례가 되어 책을 받아들게 되었다. 표지의 질감이 도톰한 한지 같았다. 책 제목과 저자는 잊혔는데, 내가 읽다가 틀려서 중단한 대목은 기억이 난다. '64번가에는 싸구려 식당들이 늘어서 있다'였다.

"이런 애가 뭐가 좋다고 성적이 다 떨어진담?"

좋을 대로 알아들으라고 흘려버리듯 하는 말이면서도 힐난하는 뉘앙스를 분명히 전달하고 있어서 그 의미를 오해할 수는 없었다. 나중에 나는 그애가 담임에게 고민 상담을 했다는 사실을 알게 됐고, 약간 충격받았다. 왜냐면 나는 그 아이가 한 것처럼은, 그런 방식으로는 내 고민거리를 처리할 수 없으리라는 자각을 하고 있었기 때문이었다. 불안정한 가정환경이 티나지 않도록 나름 조용히 애쓰던 중이라 나는 뜻하지 않은 데서 뺨이라도 맞은 듯했다. 국어 선생은 어쩌면 초라하고 작은 내가 감히 누구를 아프게 한다는 게 미웠던 건지도 모른다. 하지만 당시 국어 선생은 누군가를 미워하기에는 무척 조심스러운 시기였을 텐데, 어떻게 그런 일이 가능했을까. 아이를 가져 몸이 무거워진 그 선생의 느리고 둔한 발소리를 들으면서 나는 어깨를 움찔했다.

옥상에서의 바이올린 독주회는 한동안 더 이어졌다. 기대, 항의, 숨죽인 독백 들이 생명력 있는 나무 덩굴처럼 벽을 타고 흘러 내 귓가에 닿았다. 깔끔히 정리되지 못한 감정의 잔재가 간질간질하니 감각을 일깨웠다가 잦아들곤 했다. 시간이 흘러감에 따라 내 안에서 빗소리와 그애의 목소리와 숨소리, 그리고 크라이슬러의 〈아름다운 로즈마린〉의 멜로디가 재생됐다. 그애가 연주했던 곡 중 하나였다. 아련함은 거기서부터 시작됐다. 악기가 '다루는' 것들, 시간과 기억과 감각을 뒤흔들고 희석하고 재배열하는 것들로부터. 나는 어둠 속에 누운 채로 〈아름다운 로즈마린〉의 선율을 허밍해보았다. 사뿐사뿐 춤을 추듯이, 흐르듯이, 미끄러지듯이, 퍼져 오르듯이. 종은의 코고는 소리가 거기 스타카토처럼 섞여들었다.

'그런데 하모니카, 하모니카 연주곡은 뭐였을까?'

이튿날 오전에 나는 동네에서 그 사람, 인태를 다시 보았다. 그는 세탁소에서 오염을 제거한 가죽 재킷을 찾아오는 길인 듯했다. 재킷을 한쪽 팔에 걸치고 횡단보도를 건너오던 그가 나를 발견하고는 자연스럽게 다른 손을 흔들어 보였다. 그리고 다가와 친근하게 말을 걸었다.

"사장님이 되게 잘해주셨어요. 이거 봐요."

그는 가죽 재킷 안쪽의 반질반질해진 검은 천과 매끈해진 소맷부리를 드러내 보이면서 감쪽같다는 표현을 썼고, 전날 내가 알려줬던 식당에서 아침식사도 했는데 마음에 들었다며 고마워했다.

"이따 비 올걸요. 우산 없이 어딜 가요?"

우리 쪽으로 미끄러져오는 택시를 그가 먼저 알아보고 인도로 나를 바짝 이끌며 물었다. 나는 구청에 여권을 찾으러 간다고 했다.

"오래 걸리지는 않으니까요."

"여행 가세요? 집은 어쩌고요?"

"당장 갈 건 아니고, 또 집엔 친구도 있고……"

나는 그에게서 한 발짝 뒤로 물러섰다.

"그분이죠? 머리 길고 키 크시고."

그가 좋은을 언제, 어디서 보고 기억하는 것인지 묻지는 못했다. 잠시간 우리는 서로 더 말들을 쏟아냈는데, 나는 초등학교 3학년 때 담임선생님이 보스턴에 사신다는 이야기를 꺼내려다 왜인지 갑자기 말길이 막혀버렸다.

"……오토바이는요?"

나는 마치 그가 길 저편 어딘가에 오토바이를 세워두고 왔다고 생각하는 사람처럼 일부러 시선을 그리로 두면서, 이번에는 대답을 기다리지 않고서 바로 말을 이었다. "어렸을 때 오토바이에 치일 뻔했는데, 그때 일이 기억나네요."

우리는 버스정류장까지 함께 걸어갔고, 구청에 가는 버스를 기다리는 동안 이런저런 이야기를 더 나누었다. 그는 오토바이를 팔 생각이었는데 마침 임자가 나타났다고 했다. 또 아버지가 기르는 감자는 6월 말이나 되어야 수확이 가능한데 그걸 지인들에게 팔려고 다리를 놓을 생각은 없었다며 겸연쩍어했다.

"아버지랑 그렇게 사이가 좋진 않거든요."

그는 혹시 모르니 알고나 있으라면서 제 휴대폰 번호를 빠르게 읊었다. 나는 멍하니 선 채로 그 숫자들을 전부 놓쳤다.

"무슨 생각이 그렇게 많아요?"

"아닌데요."

별것 아닌 이 문답이 우리를 마주보고 웃게 만들었다. 그는 제 앞에서 번호를 입력하도록 시키고서 숫자들을 천천히 다시 불러주었고, 내가 제대로 하는지 지켜보았다. 그러는 사이 버스가 왔다.

"잘 가요."

버스에 오르는 내 등뒤로 흐르는 그의 목소리가 명랑했다. 그는 왔던 길을 따라 멀어져갔다.

'저 사람, 버스를 기다리던 게 아니었나보네.'

하모니카로 무슨 곡을 연습하고 있는 건지 물어봤다면 좋았으리란 생각에 아쉬워졌다. 가죽 재킷을 입기 적당한 흐리고 쌀쌀한 봄날인데, 한쪽 팔에 얌전히 걸치고만 가는 걸 보니 입을 자리가 따로 있는 모양이었다. 나는 나를 웃게 만들었던 그의 질문을 떠올리며 차창에 머리를 기대었다.

'생각을 너무 많이 하지 말자.'

그의 말대로 저녁이 되자 비가 오고 바람이 불었다. 학교에 올 때 챙겨온 우산을 썼는데도 불구하고 집으로 돌아가는 길에 팔뚝과 바짓단이 빗물에 젖었다. 나는 공강 시간에 도서관 아르바이트로 시간을 채웠는데, 앞 강의가 길어지는 경우에는 점심식사를 대충 해결하곤 했다. 이날도 그런 날이어서 집에 다다를수록 허기가 지며 기분이 옷자락처럼 처졌다. 집 현관문이 활짝 열려 있는 걸 보았을 때는 놀라움이 겹쳐 다리가 후들거렸다. 타는 냄새가 진동했다. 안으로 들어서니 종은이 내 흰색 티셔츠 한 장만을 속옷 위에 걸친 채로 창문을 모조리 열

어쩔히고 호들갑을 떨고 있었다. 내게는 허벅지 중간까지 오는 그 티셔츠가 키가 큰 종은의 엉덩이를 충분히 다 가려주지 못해서 팔을 들어 움직일 때마다 하늘색 팬티가 드러났다.

나는 현관문을 닫고 신발장 앞에 잠깐 우두커니 서 있다가 일단 어질러져 있던 신발들을 정리하고 안으로 들어섰다. 먹을 수 없게 된 고등어야채조림을 음식물 쓰레기 봉투에 담고, 새까맣게 타버린 냄비에 베이킹소다와 물을 넣고 끓인 뒤 수세미로 여러 번 닦아냈다. 그리고 냉장고에서 나물 반찬들을 꺼내 비빔밥을 만들고서 조그만 식탁 위쪽 천장에 매달린 조도 낮은 전구 하나만을 밝혀두었다.

"조금만 조심하면 좋겠다."

"미안해. 종일 일이 꼬여서 그래. 이성이 마비됐어. 아까 새언니 전화만 길게 안 받았어도 이렇게까지는 안 태워먹었을 건데. 그래도 비 오는데 침침하게 이래야겠어?"

"혹시라도 밖에서 구경났던 사람들이 있다면, 그만 신경들 끄라는 사인으로 껐어."

종은은 숟가락으로 밥을 헤집으면서, 오전과 오후에 각기 한 군데씩 인력 파견 업체로 면접을 보러 갔었는데 냄비보다도 제 속이 더 시커멓게 탔다는 이야기를 빠르게 뱉어냈다.

"거지같은 새끼들이 대놓고 알아서 기라는 식이야."

나는 무슨 수난사처럼 부풀려지고 있는 종은의 좌충우돌 일과를 듣다가 뭐라도 거들어야 끝이 나겠다 싶어서 퉁명하게 한마디 얹었다.

"진짜 못된 놈들이다. 품위가 없는 걸 권력처럼 전시하고, 무례하고 탐욕스럽고."

그 대화는 거기서 끝났다. 더 나쁜 사례들을 읊조려 매캐한 저녁 식탁에 지옥도를 펼치고 이 화젯거리에 불을 지피고 싶을 만큼 무슨 열의가 솟아나지는 않았다. 피로했다. 탄내가 다 빠지지 않은 잠자리에 들어야 할 텐데, 어쨌든 종은은 코를 골며 금세 꿈길로 떨어질 것이다. 일진이 안 좋았다니 자다가 잠꼬대는 좀 하겠지만, 종은이 언제든 다음날 아침의 모습을 선택할 수 있다는 걸 나는 이해했다. 나중에 이곳에서 나와 함께 나눈 일들이 꺼림칙하게 떠오르지 않기를 바랐다.

식사를 마치고서 열린 창으로 새어든 빗물을 걸레로 훔쳐내고 있을 때, 오광빌라 삼층에 불이 들어왔다. 이어 인태가 창쪽에 모습을 드러냈다. 나는 얼른 창문을 등지고 돌아서며 종은에게 물었다.

"새언니가 전화해서 뭐랬어?"

"아, 아빠가 한고비 넘기셨대. 기운 차리면 역정내시겠지."

"저 사람도 지금 아버지랑 사이가 안 좋대."

내가 손짓으로 살짝 뒤편을 가리키자 종은이 발딱 일어나 창가로 다가서서는 "여기요!" 하고 소리쳤다. 나는 싱크대 쪽으로 걸어갔다.

종은이 등뒤에서 외쳐댔다. "불어봐요, 해봐요!"

희미하게 하모니카 소리가 들려왔다. 나는 수도를 틀려다 말고 창 쪽으로 도로 갔다. 빗소리에 멜로디가 온전히 귀에 다 들어오지는 않았다. 내가 종은의 등뒤로 가 허리를 장난스럽게 끌어안자 종은이 몸을 틀어 한 팔로 내 머리통을 그러안았다. 인태가 하모니카를 입에서 떼고 우리를 향해 씩 웃어 보이더니 창문을 닫았다.

"취향이 올드해. 얼굴은 애긴데."

종은이 어깨를 으쓱해 보이며 입꼬리를 아래로 내려뜨렸다.

"그러게. 감자, 하모니카, 오토바이, 가죽 재킷. 나 저 사람 번호 땄어."

"얌전한 고양이 부뚜막 만나셨네."

밤에 나는 종은이 구인 공고들을 검색하는 걸 곁에서 지켜봤다. 의욕을 잃은 건지 딱히 뭘 찾고 있는 것처럼 보이지는 않았다. 원하는 게 정확히 무엇인지 저도 몰라서였을 것이다.

"너 집에는 언제 들어가?"

"타이밍 봐라. 치사하게. 너 뒤끝 있구나?"

"아니, 그게 아니라, 방법이 아예 없는 것도 아니면서 왜 일부러 헛돌아? 그런 것도 다 허영심이야. 나 같으면 안 그래."

"넌 안 그런다?"

"응. 오빠한테 전화해서 잘 풀어가봐."

"지금 몇신데?"

내가 휴대폰으로 시각을 확인하자 종은이 같이 들여다보는 척하더니 휴대폰을 채갔다.

"뭐라고 저장했냐? 공인태는 아니고……"

나는 당황했으면서도 이 일로 옥신각신하기 싫다는 생각에 순순히 '하모니카'라고 대꾸했다. 종은이 번호를 찾아냈다.

"네 건? 알려줬어?"

내가 고개를 가로젓자 종은이 내 휴대폰으로 '아까 연주 잘 들었어요' 하고 문자메시지를 보냈다. 답신은 다음날 아침에 왔다.

*

즐거운 일과 난처한 일이 주거니 받거니 하는 것처럼 연타로 일어나 나를 미소 짓게 했다. 목적지에 무엇이 있는지 알 수 없는 채로 벌이는 삼인사각 게임 같은 것이었다. 가운데 있는 사람은 종은이었다. 인태가 아니었다. 나는 이 점을 의식했다. 셋이 동네 식당에서 늦은 아침 겸 점심 식사를 함께한 날, 인태는 어릴 적 경마 기수가 되는 걸 꿈꾸었지만 중2 겨울방학 때 기수의 신장 제한선인 백육십팔 센티미터를 넘어서면서 포기해야 했다고 했다. 그는 지금 백칠십삼 센티미터라고 밝혔는데, 내 눈에도 딱 그만큼으로 보였다. 종은은 제 꿈이 정의 구현이라고 농담함으로써 인태의 말을 아무렇게나 한 괜한 소리로 치부해버렸다. 어깨를 으쓱해 보이며 이렇게도 덧붙였다. "무법 지대의 총잡이 같은 거랄까." 다분히 장난스러운 반응이었는데도 이야기 흐름이 곧장 총에 관한 것으로 바뀌었다. 인태는 자기가 아는 사람이 대학 재학중에 전직 육군 중령인 아버지를 통해 한 영상 사격 업체에 위장취업해 뇌물을 받다 덜미를 잡혔다는 이야기를 꺼냈다. 아버지가 무기고에 보관중이던 군용 총기를 빼돌려 그 업체에 빌려주는 방식으로 수천만원을 챙기다 처벌받았다고. 나는 새로운 화젯거리에 눈을 빛내며 표정이 풍부해졌다가 그걸 조용히 쓸어내듯 다시 온화해지는 그의 얼굴을 조금 낯설게 지켜보았다. 반면에 종은은 기왕에 총으로 뭘 저지른 이야기를 하려면 수천만원보다는 스케일이 큰 사건을 예로 들었어야 한다며 인태에게 핀잔을 주었다.

"그렇잖아요. 그렇지 않아요?"

"나는 총보다는 활이 좋아요."

인태가 뜬금없이 빙글거리며 대꾸했다.

"올림픽 보면 우리나라 사람들이 활을 얼마나 잘 쏴요. 그러니까 총잡이보단 궁수가……"

인태가 활시위를 당기려는 듯한 동작을 막 해 보이려는 찰나 나도 모르게 끼어들었다.

"정말 그런 게 좋아요?"

"그런 거라뇨?"

"경주마, 오토바이, 활 쏘는…… 그런 거요."

"아! 난 요즘 패러글라이딩 좋아해요."

내가 나열한 것들이 가닿은 데 놀랐다. '달리고 쏘고 나는구나.'

"패러글라이딩?"

"네. 조종사 자격증 따려고 했었어요. 중간에 그만뒀지만. 취미로는 괜찮죠."

종은이 손을 뻗어 인태의 팔목을 잡더니 얄밉게 들리는 가볍고 빠른 목소리로 말했다. "손톱 깨끗이 다듬는 남자가 좋더라." 그러고는 나를, 내 특성과 약점, 과거와 현재를 짓궂게 그리로 끌어들였다. "다미는 워낙 청결이 중요한 앤데, 또 운동신경은 완전 꽝이라…… 다미 너 고등학교 때 뜀틀. 네가 막 달리다가 그 앞에서 우뚝 서고, 또 뛰다가 같은 데서 우뚝 서고, 결국엔 그 위에 주저앉아버렸다며. 반에서 혼자만 그걸 못 넘었다고 했지, 아마."

인태가 종은에게 여전히 한쪽 팔목을 내맡긴 채로 나와 눈을 맞추며 다정한 목소리로 말을 놓았다.

"운동 싫어해?"

나도 존대어를 버려야 했다.

"싫어한다고 말할 순 없어. 제대로 못하는 거니까."

"패러글라이딩은? 즐기게 도와줄 수 있어, 내가."

종은이 냉큼 대답을 가로채고 나섰다.

"뭐 그러자."

셋이서 얼추 비슷한 속도로 식사를 마쳤다. 인태는 식탁 위에 떨어뜨린 볶은 멸치들을 젓가락으로 조심스럽게 집어 제 빈 밥그릇에 담고는 식탁에 묻은 기름기를 냅킨으로 닦아냈다. 그러고서 자기가 계산하겠다며 먼저 일어섰다.

"여자 형제가 있나?"

내가 나지막이 중얼거리자 종은이 내 귓가에 속닥거렸다.

"너한테 잘 보이고 싶은 거 아니야?"

인태와 헤어진 후 종은과 나는 마트로 가서 생활용품들을 구경했다. 버스로 세 정거장 되는 거리에 있어서 평소 나는 자주 가지 않는 곳이었다. 유리잔과 디퓨저, 세탁물 바구니, 스피커, 토스터, 스팀다리미, 세탁세제와 주방세제, 타월, 보디 스크럽, 샴푸, 치약과 칫솔 세트, 올리브유, 프라이팬을 둘러보며 시간을 보내다가 당장 필요한 비누와 칫솔, 프라이팬만 장바구니에 담아 계산대에 올려놓았다. 내가 계산을 치르는 동안 종은이 제 오빠에게 전화를 걸었다.

"새언니가 전화하라고 해서 하는 거야. 보다시피 지금 마트에 있어."

종은이 영상통화를 하는지 휴대폰을 쳐들고서 내게 뒤통수를 보인 채 점점 멀어져갔다.

집으로 돌아오는 길에 우리는 별말을 하지 않았다. 버스 안에서는 떨어져 앉았고, 내려서는 종은이 내게서 장바구니를 채간 뒤 앞서 걸어갔다. 누군가와 멀어지고 있다는 감각 때문인지 기억 속 외딴 풍경들이 떠올랐다. 해가 든 학교 담장이라든가 길에서 눈을 맞고 있는 이삿짐이라든가 하는 한 시절의 이미지들이. 사실 시절이란 단어는 나와 어울리지 않았다. 그건 한 시기를 부드럽게 감싸는 온기와 향기를 머금은 단어였다. 내게 과거는 그런 게 아니었다. 파도가 몰아쳐오기 전에 모래사장에서 주워 올린 소라껍데기나 조약돌의 촉감 같은 것. 비유하자면 그런 형태로 남았다. 정서적인 느낌을 자아내지만, 생명이나 한 세계처럼도 느껴지지만, 마모되고 부서지고 바스러지리란 예감을 갖게 하는 손안의 작은 물질, 그걸 쥐었다 놓는 느낌.

집에 와서 종은은 어쩐지 내 기분을 맞춰주려 들었다.

"너 미국에 8월에 간댔나?"

"응, 그때쯤에 한 열흘 정도."

"한 달은 있다 오지."

"친척이 그렇게까지는 반기지 않아."

종은에게는 친척을 보러 갈 거라고 일러뒀기 때문에 나는 그렇게 대답했다.

"나처럼 그냥 그 집에 드러누워버려."

"여기 오래 비우는 것도 마음이 안 놓여."

"걸리적거리는 건 뭐든지, 그게 네 마음이라도 공항까지만 데려가고 거기서는 다 버려버려. 무게가 초과하면 과금이 붙거든."

내가 국제선 비행기를 처음 탄다는 걸 안 이후로 종은은 그렇게 별것 아닌 정보와 입바른 소리를 되는대로 섞어서 나를 놀려먹기 좋아했는데 나는 그게 싫지 않았다. 오히려 나도 자극받아 종은처럼 되는대로 말할 게 있다는 사실을 떠올렸다.

"내가 말은 이렇게 해도 미국에서 새 운명을 개척할지도 몰라."

"나는요, 총보다는 활이 좋아요." 갑자기 종은이 인태를 흉내내며 말했다. "총보다도 운명보다도 활이 좋아요."

"아, 그러세요?"

웃음이 새어나오는 걸 참으며 장단을 맞추자 기분이 풀렸다.

"여태껏 패러글라이딩 타러 가자는 남자는 없었는데. 재밌을 거야. 그치, 다미야?"

*

   교양과목의 조별 과제 때문에 주말에도 저녁 시간까지 도서관에서 보냈다. 찾아낸 자료들의 출처와 대략의 내용을 보기 좋게 정리하고 난 뒤 우연히 마주친 과선배와 맥주를 한 캔씩 마셨다. 교정의 가로등 옆에 마주선 채로였다. 술이 약한 건 우리 집안의 내력이었고 그걸 드러내지 않으려는 내 행동은 거의 본능에 가까워서 친교를 위한 어느 자리에서든 자발적으로 술을 들이켜는 일은 좀처럼 없었지만, 아무래도 알코올을 마시니 긴장이 풀렸다. 조원들에게 피해를 주고 싶지 않았기에 맡은 일에 집착이 생기며 몸과 마음이 경직되었던가보았다. 선배는 내게 도움이 될 만한 말들을 고르는 데 애쓰는 듯했다. 두려워하면 될 일도 안 된다거나 한 인간의 성장에는 시행착오가 필요하다는, 주로 '두려움'을 중심으로 회전목마처럼 돌고 도는 내용이긴 했지만. 그 말을 하는 동안 그의 미간이 몇 번 찡그려졌다. 그의 두 눈 사이에 주름이 질 때마다 나는 그게 악의 없는 무관심 때문에 매번 같은 데서 오류를 일으키는 센서 같다고 느꼈다. "맞아요. 모르지는 않아요" 하고 나는 상냥하게 웃음을 흘렸다. 맥주 몇 모금에 자꾸 웃음이 새어나오는 게 좋지 않은 신호 같았다.

   집에 돌아왔을 때가 몇시쯤이었을까. 나는 집안의 불이 꺼져 있는 걸 보고 종은이 귀가하지 않았다는 걸 알았는데도 마치 종은이 벽이나 바닥의 어둠 한쪽에 스며들어 있기라도 한 것처럼 "나야!" 하고 소리치고는 화장실로 갔다. 양치하고 입안을 헹궈낸 후 얼굴에 찬물을 끼얹었고 거울을 바라보고 있을 때 종은에게서 사거리에 새로 생긴 카페로 서둘러 와달라는 전화를 받았다.

카페 한구석에 세 사람이 앉아 있었다. 종은과 종은의 오빠와 인태. 종은의 오빠가 눈앞에 떡하니 나타난 것도 놀라웠지만, 인태가 한자리에 같이 있어서 도대체 이게 무슨 일인가 조심스러워지는 마음을 다잡고 그리로 갔다. 테이블 위에 표지가 구깃구깃한 잡지 『에이스 경마』가 놓여 있었다. 표지의 배경이 석양인지 아니면 경마의 열기를 표현한 것인지 불타는 듯 새빨갰고, 그 중앙에 기수와 말이 한몸인 듯 달라붙은 채 달려나오는 모습이 그려져 있었다.

"처음 뵙겠습니다."

나는 인사말을 건네고서 종은의 오빠 옆자리에 천천히 앉았다. 필요하고 또 가능하다면 모두를 위해 중재자로 나서야 하지 않을까 싶어서 정신을 흩뜨리지 말자고 되뇌었다. 종은이 제 오빠에게 풀죽은 목소리로 말했다.

"나 여태껏 가만히 쭈그러져 있었어. 진짜 오랜만에 바람 좀 쐰 거지 요란 떨고 돌아다닌 거 아니야. 내가 그 정도로 생각이 없진 않아."

나는 이때다 싶어 안타까워하는 표정을 지으면서 입을 뗐다.

"종은이가 아버지 걱정을 많이 했어요."

종은의 오빠가 무언가 말하려다 말고 표정을 싹 굳혔다. 팔짱을 끼며 등받이에 상체를 묻더니 천천히 다리를 꼬았다. 나는 맞은편에 가만히 앉아 있는 인태를 바라보며 내가 아직 감지하지 못한 게 무엇인지 실마리를 구하고자 했다. 인태는 무표정하게, 아마도 대화가 아니라 침묵을 경청하고 있는 듯했다. 몸에 힘을 죽 빼고 시선을 한데다 고정하고는 눈만 깜박거렸다. 그의 시선이 가닿은 데는 종은 오빠의 무릎쯤이었는데, 당연히도 거기 무슨 힌트는 없었다.

"시끄러워지기 전에 집으로 들어와."

종은의 오빠가 말했다. 명령조의 말을 매우 부드럽게 뱉어낸 게 인상적이었다.

"내 속이 더 시끄러워."

종은이 그렇게 대꾸하고는 안 보이는 무언가를 떨쳐내듯 고개를 흔들었다. 잠시 침묵이 흐르고 있을 때 인태가 "실례지만" 하고 끼어들었다. "아버님께서 심장이 안 좋으시다고 들었어요."

나로서는 처음 듣는 이상한 목소리였다. 나긋했지만, 평소보다 약간 톤이 높았다. 마치 무슨 명상이나 채식의 필요성 같은 걸 온순히 읊어댈 타인처럼 느껴졌다.

"그런 때일수록 누군가는 냉정해져야죠. 네, 저도 이제 이
해했어요. 알겠습니다. 근데 좋은이가 요 며칠 많이 아팠어요.
걱정이 많으니 열병이 다 나죠. 기분전환이 됐으면 했어요. 다
미하고는 가끔 경마장에 가는데 다미는 좋아하거든요. 그리고
다미 부탁이라면, 전 거절할 수가 없어요. 그럼 이만 일어서겠
습니다."

인태가 내게 "다미야" 부르고는 밖을 향해 나아갔다. 나는
멍해진 와중에도 엉거주춤 따라 일어섰고, 그런 만큼 자연스
럽게 인태를 뒤따라야 하리라고 판단했다.

"말씀 나누세요. 제가 생각이 짧았던가봐요."

카페 밖으로 나와서 인태를 따라 길을 건넜다. 건너편에 서
서 카페 쪽을 바라보니 좋은과 오빠가 무어라고 이야기를 나누
는 모습이 조그맣게 보였다. 좋은이 두 손으로 얼굴을 가리고
고개를 가로젓자 오빠가 상체를 뒤로 젖혀 천장을 둘러봤다.
나는 그들 쪽으로 계속 시선을 둔 채 인태에게 말을 건넸다.

"네가 그렇게 순발력이 좋은 줄 몰랐어. 기수가 됐으면 정
말 말도 날쌔게 잘 탔겠네."

나는 카페 안에서나 밖에서나 멍청한 표정으로 멍청한 소리
나 하는 것 같았지만 아무려나 이미 늦었다.

"낮에 경마장에 갔었어. 좋은이가 가보고 싶다고 하고, 나

는 갈 수 있고 그래서. 좋아하더라고. 돈도 땄고. 팔만원. 재미삼아 한 거지만 승률도 따져 걸었어. 근데 난 잃었고, 종은이가…… 걘 말 이름만 보고 뽑았는데 이름이 심플했다. 블루스카이."

종은과 오빠는 이제 대화를 나누고 있는 것 같지 않았다. 먼발치에서 보기에도 일이 잘 풀려가지 않는다는 느낌이 전달됐다.

"인태야, 하모니카 그거 네 거 아니지? 너희 할머니 거지?"

"내 거야. 갖고 다니는 악기가 있으면 좋아. 손안에 딱 잡히는 노래 같고 그래. 하모니카 페스티벌도 있어. 너 거기 가보고 싶어? 가보고 싶다면 내가 알아볼게."

"연습하던 노래 있어?"

인태가 제목을 알려준다기에 나는 금세 잊을까봐 휴대폰 메모장을 열었다. 그는 내가 제대로 입력하는지 아닌지 지켜보면서 제목을 불러주었다.

"가수는 등려군. 노래 제목은 '월량대표아적심'."

"월량…… 뭐라고?"

나는 인태와 집 앞까지 걸어와 거기서 헤어졌다.

샤워를 마치고 구글 검색창에 노래 제목을 타이핑했다. '월량대표아적심', 번역하면 '달빛이 내 마음을 대신하죠'. 첫 소절은 '당신은 내게 당신을 얼마나 사랑하는지 물었죠'였다. 오래되고 유명한 만큼 리메이크도 여러 번 됐고, 이런저런 드라마와 영화의 삽입곡으로도 많이 쓰인 모양이었다.

유튜브에 올라와 있는 몇몇 영상을 클릭해 조금씩 들어본 후 등려군이 부른 원곡으로 돌아왔다. 나는 그걸 네 번 반복해서 들었다. 슬픈 정조의 멜로디를 따라가다보면 원을 그리며 회전하는 이미지들이 떠올랐다. 원반, 무희, 회전목마, 스프링클러……

종은은 거의 빈손으로 여기 왔으니까 카페에서 곧장 자기 집으로 가는 차에 올라탈지도 몰랐다. 고급 승용차가 동네 상점들의 투박한 간판들 아래로 미끄러져가고, 종은의 오빠가 핸들을 돌리며 나직이 한숨을 뱉어내고, 종은이 차창에 천천히 머리를 기대며 하품을 하는 모습이 그려졌다.

메일함을 열어 종은이 내게 처음 보냈던 메일을 찾았다. 첫 문장은 이렇게 시작됐다. '너는 나를 잊었는지 모르겠지만……'

과제도 마쳤고 술도 몇 모금 마신 참이니까, 또 이제 다시 혼자 맞는 밤이니까, 나는 메일함의 주소록에서 김하경 선생님을 찾아 클릭했다. 그는 내가 초등학교 3학년 때 담임이었고, 아이를 낳을 수 없는 분이었고, 나를 양딸로 삼고 싶다고 엄마에게 농담처럼 자주 말했던 분이었다. 내가 초등학교 6학년이 됐을 때 주니어용 브래지어를 사주며 착용법을 일러준 분이기도 했다. 김하경 선생님이 한국을 떠나 보스턴에 간 후에도 나는 일 년에 한 번 정도 그분과 메일로 연락을 주고받았다.

김하경 선생님께

어떻게 지내세요?

저는 작년에 이사를 두 번 했어요. 봄에 한 번, 겨울에 한 번. 새집에서 보내는 첫봄이 좋아요. 아침저녁으로 꼼꼼히 방을 닦고, 창가에서 심호흡하며 하루를 시작하고 또 마무리해요. 선생님께서 예전에 가르쳐주신 것처럼, 그렇게요.

얼마 전 동네에서 친구를 사귀었어요. 말 달리는 거 보기 좋아하고 취미로 하모니카를 부는 남자예요. 옆 건물 삼층에 그 친구 할머니가 살아요. 할머니는 문구점을 하세요. 요새 좀 아프세요.

방학 때 여행을 계획중인데, 정말 제가 그리로 가서 선생님을 만나뵐 수 있을까요?

참, 오늘 옛날 노래 하나를 알게 됐어요. 영화 주제곡으로도 쓰인 곡이라네요. 선생님은 아실 것 같아서 링크를 걸어둘게요. 좋은 기억이 떠오르면 제게도 알려주세요.

메일을 발송한 뒤 불을 끄고 침대 일층 매트리스에 누웠다. 엄마가 살아 있었다면 수시로 누워 있었을 자리에. 근 십여 년

에 걸쳐서 꾸준히 갚아왔던 빚을 마침내 청산하고 우리 모녀
가 새로 살 집을 구해 이사한 게 작년 봄의 일이었다. 좁은 방
한 칸에서 다시 시작하는 삶. 공간 활용을 최대한 잘 해보려고
이층 침대를 주문했는데 침대가 배달된 날 엄마가 교통사고로
응급실에 실려갔다. 젊어서 고생하면 늙어서 골병이 든다고
영양제를 그렇게나 잘 챙겨 먹었는데, 엄마가 탄 관광버스가
고속도로에서 앞지르기를 시도하다가 전복되었고, 그게 엄마
의 마지막이었다. 살면서 '버티기'는 할 만큼 했으니까 황천길
만은 중병에 걸려 병상에서 버티다가 가게 되지 않기를 바란
다고 늘 무슨 염불처럼 읊어대더니 그건 바람대로 되었다. 슬
픔을 헤아리고 있자면 하염없이 슬퍼졌지만, 나는 오래 울지
않았다. 엄마가 과거를 끊어내고 내게 삶의 바통을 넘겼다고,
감사하다고, 화장터에서 그런 말로 엄마를 떠나보냈다. 빚쟁
이들이 학교까지 찾아오던 중학교 시절부터 내가 바라고 그리
던 상상의 끝, 그 순간을 엄마가 대신 가져갔다고 여겼다. 이
건 운명이야. 축복의 물세례라도 받는 사람처럼 벅차게 받아
들이며 한편으로는 다짐 비슷한 걸 했다. '하지만 이 순간이
나의 다음 순간을 닫아버리는 불치의 행운이나 불운이 아니기
를. 좋거나 나쁜 어떠한 알리바이도 되지 않기를. 무한대의 아
무데로나 활짝 열리기를. 자유롭게 흘러가게 되기를. 운명에
발이 묶이기 전에……'

설핏 잠이 들었던가보다. 흔들어 깨우는 손길에 눈을 떴다.

"종은이니?"

"응."

내가 일어나려고 하자 종은이 내 어깨에 손을 얹고 "괜찮아" 하며 지그시 눌렀다.

"불 켜봐."

"싫어. 나 좀 울 거야. 좀만 울다 갈 거니까, 나 우는 소리 좀 듣고 있어."

"왜 그러는데?"

종은이 코를 한 번 훌쩍이곤 대답했다.

"나 집으로 들어갈 거야. 다른 방법도 시간도 별로 없어. 오빠가 삼십 분 준대. 나 이제 전화번호도 바뀔 거다."

"네 오빠가 그러래?"

"아니, 내가 그렇게 결정했어. 다른 사람이 될 수는 없으니까 번호라도 바꾸는 거야."

"네 맘이지. 나도 집 비밀번호 바꿀 거야."

"창피해."

"뭐가?"

"그냥, 사는 게."

"내가 좀 안아줄까?"

"아니, 아니."

"웃긴 얘기랑 무서운 얘기랑 하나씩 있다. 뭐부터 들을래?"

"웃긴 얘기 먼저."

"인태가 그러는데 하모니카 자기 거래. 할머니 거 아니래."

"무서운 얘긴?"

"우리집에 놀러온 고등학교 친구는 너 하나다."

"어휴. 내가 좀 안아주리?"

"아니."

"아니."

"응?"

"응."

"아니."

"아니."

우리가 서로의 '아니'들을 어둠 속에 세워두는 동안, 나는 '아니'만으로도 끝없이 대화가 가능한 세계로 잠시 초대된 듯했고 그 생각이 마음에 들었다.

삶은 일종의 분투일 것이다.

아니, 겹겹의 노래인지도 모른다.

나를 부르는 소리

나는 종합병원의 응급센터 대기석에서 처음 그를 봤다. 내 곁에는 숙부와 숙부의 애인이 약간 조악해 보이는 사교댄스 복 차림으로 앉아 있었다. 숙부는 검은 셔츠의 어깨 부분이, 숙부의 애인은 무릎을 살짝 덮는 푸른 스커트의 하단이 반짝 거렸다.

　자정이 가까운 시각이었고, 요행히도 대기 환자들이 별로 없었다. 휠체어에 앉아 고개를 푹 수그린 여자와 그 앞에서 한 숨을 내뿜으며 서 있는 키 작은 중년 남자, 화상 입은 손가락 을 젖은 거즈로 감싸고 화기를 빼는 처치를 받고 있는 남자아 이, 아이의 옆에서 허둥거리는 할머니, 그리고 구석에 앉아 멍 하니 허공을 응시하고 있는 그가 전부였다. 그는 평범한 외모의 젊은 남자였으나 혼자 고립된 듯한 분위기를 자아내 내 눈길을 끌었다.

"빨리 좀 안 돼요?"

숙부의 애인이 대기석 상황을 살피러 나온 간호사에게 조르듯 호소하자, 숙부는 그때부터 "아이고, 아이고" 앓는 소리를 내며 일어나 심하게 절뚝이기 시작했다. 오른쪽 발목과 엉치뼈가 완전히 으스러진 것 같다며 얼굴을 우그러뜨렸다. 병원에 올 때는 그 정도는 아니었다. 나는 접수처에서 이미 했던 이야기를 간호사에게 반복했다.

"미끄러운 바닥에서 넘어지셨대요."

엑스레이 촬영 결과 뼈는 온전했다. 의사가 며칠 안정을 취하면서 근육에 무리를 주지 말라고 하자 숙부는 정말 그뿐이냐고 재차 묻더니 진료실을 나서자마자 불만을 토해냈다.

"매뉴얼대로 돌아갔다면 자정을 넘기지 않고 해결을 봤을걸!"

이제 그는 절뚝이며 걷지 않았고, 대신 목소리가 커졌다. 나는 내키는 대로 행동하는 숙부가 난데없이 매뉴얼을 들먹이고 있는 이 상황이 어이없었지만, 그가 크게 다치지 않았다는 데에 안도했다.

지방에 사는 숙부가 애인과 함께 서울 종로까지 올라와 어느 '댄스파티'에 갔다가 넘어졌다며 경황없이 택시를 잡아타고 내 집을 찾아왔을 때, 나는 대기자가 많을 대학병원보다는 비교적 가까운 이 응급센터가 낫겠다고 판단했다. 그리고 진료가 끝난 이제는 좁은 내 집 거실과 화장실에 무얼 얼마나 늘어놓고 나온 것인지 빠르게 더듬어보는 중이었다. 택시를 부르려고 가방을 뒤적여 휴대폰을 찾았다.

그때 출입문이 열리며 사람들 댓 명 정도가 들어섰다. 이마가 찢어져 피를 흘리는 술 취한 남자, 무슨 이유에서인지 두 주먹이 다 펴지지 않는다고 소리 내 우는 나이든 여자가 그 속에 있었다. 나는 서둘러 뒷걸음질치다가 누군가의 발을 밟았고 그러다 왼쪽 팔뚝과 오른쪽 어깨를 붙들렸다. 그리고 뒤쪽에서 들려온 "괜찮으세요?"란 말에 의식적으로 천천히 돌아보았다. 그 사람이었다. 그의 목소리는 내 짐작보다 약간 높고 조금 가늘었다.

"제가 발을 밟은 거 같네요."

"네, 뭐 약간. 전 괜찮아요. 금세 피했어요."

"미안해요. 한밤중에 병원에 달려온 건 처음이라 정신이 없었네요."

"어디가 아파서 오셨어요?"

"친척이 다쳐서요. 의사 선생님이 보시곤 괜찮다고 하세요."

나는 말끝에 한숨을 내뱉었다.

"가족 모임이 있으셨나봐요."

"그건 아닌데, 친척이 지방에서 올라오셨어요."

"차는 가지고 오셨어요?"

위축되고 심약해진 채로 사방에 큰 소리로 통증을 호소해야만 하는 순간을 누구나 맞을 수 있다는 걸 현시하는 듯한 이 공간에서 나는 그와 조곤조곤 몇 차례 더 문답을 주고받았고, 그도 아픈 누나와 함께 왔다는 걸 알게 됐다. 이곳에 처음 온 게 아니란 사실도. 그는 병원 근처에 깔끔한 게스트하우스가 있다는 정보를 알려주었다.

"전에 이용해봤는데 괜찮았어요. 잠깐만요, 연락처가 있을 거예요."

마침 대안이 생겨난 게 반가웠다. 저만치에 나란히 앉아 있는 숙부와 숙부의 애인에게도 좁고 어수선한 내 집보다는 도보로 이용 가능한 게스트하우스가 휴식처로 더 적합할 듯했다. 그들은 주변의 소란에 아랑곳없이 서로 손을 잡고 무슨 정담을 나누고 있었다. 숙부의 애인이 고개를 두 번 가로젓더니 그다음에는 두 번 끄덕였다.

"내외분이 다정하시네요."

그가 지갑에서 게스트하우스 명함을 꺼내 건네주며 말했다. 나는 명함을 보고 게스트하우스에 전화를 걸면서 신호가 가는 동안 짧게 대꾸했다.

"댄스 파트너래요."

군이 그런 말을 할 필요는 없었지만, 아무튼 그게 사실이었다. 그가 사실을 원했던 것인지 아닌지와는 별개로. 전화를 받은 게스트하우스 매니저가 빈방이 있다고 하자, 나는 고개를 옆으로 기울여 귀와 어깨 사이에 휴대폰을 낀 채로 가방에서 볼펜을 꺼내 게스트하우스 명함에 내 휴대폰 번호를 적어 그에게 돌려주었다.

"네, 지금 갈게요. 가까운 데 있어요."

나는 매니저에게 그렇게 말하면서, 동시에 그에게 고개 숙여 인사하고는 숙부와 숙부의 애인 쪽으로 걸어갔다.

다음날은 주말이었다. 오전 열한시경, 집에서 나와 게스트하우스로 갔다. 숙부가 체크아웃하는 것을 보고 서울역까지 배웅할 요량이었다. 아버지가 살아 계셨다면 그러기를 원하셨을 듯했다. 아버지는 가끔 연성이는 운이 없었다, 라고 말했다. 연성이는 본디 착했는데 운이 없었다, 총명했는데 학업을 잇지 못했다, 라고. 나는 아버지가 자신의 운에 대해서는 어떤 생각을 품었는지 알지 못했다. 말이 많은 분이 아니었다.

"왔네!"

로비에 나와 있던 숙부의 애인이 나를 먼저 발견했다.

"식사는 하셨어요?"

숙부의 애인은 게스트하우스에서 제공하는 조식 시간을 놓쳤다고 대답했다. 나는 품이 넉넉한 연회색 원피스를 한 벌 넣은 종이가방을 내밀었다.

"편하게 잘 맞으실 거예요."

"이게 좀 보기 그렇지? 배가 꽉 껴서는."

숙부의 애인은 어울리지 않게 얼굴을 붉히며 말했다. 이틀 밤낮 반짝이는 댄스복만 입고 있었으니 불편하겠다 싶었을 뿐 배를 눈여겨본 적은 없었으나 달리 대꾸하지는 않았다. 그녀가 종이가방을 받아들고 엘리베이터 쪽으로 가다 뒤돌아서서는 나를 향해 활짝 웃어 보였다.

잠시 후 숙부와 숙부의 애인이 팔짱을 끼고 같이 로비에 나타났다. 내가 가져온 연회색 원피스가 숙부의 애인에게 잘 어울렸다. 간밤에는 둘이 닮아 보이는 게 의상 때문인가 싶었는데, 이제 보니 도드라진 광대와 날렵한 턱선이 비슷했다. 그들은 어제 일이 뒤늦게 미안했는지 이대로 헤어지기는 좀 아쉽다며 내게 식사라도 하자고 했다. 그렇다고 셋이서 맛집을 찾아 돌아다닐 겨를은 없었기에 우리는 첫눈에 들어온 길 건너편의 카레 전문점으로 자리를 옮겼다. 가정집 응접실의 분위기를 구현한 아기자기한 곳이었다. 공간이 넓지 않아서 테이블은 다섯 개뿐이었는데 그중 하나가 비어 있었고, 그 바로 옆 테이블에 어젯밤 병원에서 본 그가 앉아 있었다. 어떤 여자와 함께였고, 두 사람 다 카레우동을 먹는 중이었다.

"야야, 재경아, 너도 빨리 와 앉아라."

숙부가 하나 남은 빈자리를 요란스레 차지하고 앉으며 나를 재촉했다. 나는 그와 세 뼘 정도 사이를 두고 나란히 앉게끔 됐다. 이 공교로움이 신경 쓰이면서도 약간은 재미있었다.

그는 우리 쪽을 보고도 별다른 기색을 드러내지 않았다. 그러다 내가 매운 카레라이스와 홍차를 주문하자 그제야 넌지시 인사말을 건넸다.

"여기서 또 보네요."

"아, 네. 어젠 감사했어요."

"저도 새벽에 거기서 잠깐 눈 붙였어요. 누나가 이제 퇴원해서요."

나는 그의 맞은편에 앉은 여자에게 가볍게 눈인사를 했고, 그녀도 내게 고개를 까딱하곤 후루룩 면발을 빨아들였다. 병원 진료를 마치고 바로 카레우동을 먹을 수 있는 정도면, 또 두 사람의 안정된 표정으로 보아 여자가 그리 위중한 상태는 아닌 듯했다. 식사하는 곳에서 병증에 관한 이야기를 주고받는 건 삼가야지 싶어서 나는 그쯤에서 대화를 멈추고자 했다. 하지만 그는 그럴 생각이 아닌가보았다.

"목소리 듣고 알았네요. 친해지기 전까진 사람 얼굴을 잘 구별 못해요."

눈썰미는 없으나 청각이 예민하다는 뜻일까? 나는 속으로 그런 물음이 떠올랐음에도 "네, 목소리는 지문 같은 거죠" 하며 그가 예측하지 못했을 대꾸로 장단을 맞췄다. 일터에서 생긴 습관 같은 거였다. 별스러운 회사 대표와 호흡을 맞춰온 결과였다.

그는 자기 성대가 좀 약하다고 하더니 숙부와 숙부의 애인에게도 말을 붙였다. 어젯밤과는 사뭇 다른 모습이었다. 생글생글 웃는 낯이었는데, 그래서인지 숙부의 애인이 아침 드라마에 나오는 석현이라는 배우와 닮았다며 그에게 호감을 드러냈다. 나는 숙부의 애인이 아침 드라마를 즐겨 본다는 것도, 석현이란 이름의 배우가 있다는 것도 처음 알았다. 그 배우가 선량한 역할인가보았다.

"제가 드라마와 영 무관한 건 아니지만……"

그가 뜻밖에 호응하기에 나는 뜨악해져 잠깐 딴생각에 빠져들었다가 곧 다시 대화를 따라잡았다. 그는 오래전에 두 편의 외화를 수입했다. 하나는 제목에 '여름'이, 또하나는 '부인'이 들어갔는데, 손해만 컸다. 그 말들은 나를 향한 자기소개 같기도 했는데, 짧은 시간 동안 그것을 의식하느라 나는 그 영화들의 온전한 제목을 잊어버리고 말았다.

숙부와 숙부의 애인은 한밤의 해프닝을 뒤로하고 이미 집으로 가는 기차에 오른 사람처럼 굴었다. 그러니까 이제 막 멀어질 여행지의 마지막 풍경을 향해 되는대로 손을 흔들며 흥에 겨운 듯한 모습이었다. 반면에 나는 이 자리에서 공통의 화제로 삼고 싶은 것이 딱히 없었으므로 역시나 담담한 표정으로 젓가락질만 하는 그의 누나에게로 눈길이 몇 번 갔다. 어젯밤 그를 감싸고 있던 고요한 분위기가 낮이 되자 그 여자에게로 옮겨간 듯 느껴졌다. 내게 자매가 있다면 이날 일을 두고 여러 겹의 감정을 나눌 수도 있을 텐데 아쉽다는 생각이 들었다. 피부가 창백하고, 얼굴선이 갸름하고, 눈동자가 검고 크고, 손가락이 긴 저 사람……

식사를 마치고 자리를 뜨면서 여자는 딱 한마디했다. "새로 만든 그거, 이분 드리지 그러니?" 그러자 그가 "그럴까?" 하더니 우리 테이블 귀퉁이에 하얀 명함 하나를 올려놓았다. 숙부가 눈치 없이 손을 뻗어 냉큼 챙겨들자, 그는 바로 하나를 더 꺼내 내 찻잔 옆에다 밀어놓았다. 나는 그들이 가게 밖으로 나간 뒤에야 비로소 주변 테이블을 둘러볼 정신이 들었다. 다른 테이블에 관심을 기울이는 사람은 나 말고는 없는 듯했다. 숙부가 애인과 함께 명함의 앞뒤를 돌려보았다. 나도 숟가락질을 하며 내 쪽에 놓인 명함을 흘깃 보았다. '동신패밀리 박상림'이란 글자, 아마도 사무실 연락처일 전화번호, 좌측 상단에 반짝 떠올라 있는 작고 푸른 별 문양을 확인했다. 디자인은 세련되고 깔끔했지만 휴대폰 번호와 이메일 주소, 직함은 없었다.

숙부는 명함을 바지 주머니 속에 집어넣었다. 나 역시 명함을 챙겨 가방 앞쪽 포켓에 넣었다.

서울역에서 헤어질 때 숙부의 애인은 나를 덥석 끌어안았다.

"덕분에 연성씨 조카도 보고 좋았네, 난."

"안녕히 가세요."

숙부는 손을 한 번 쳐들어 흔들고는 개찰구 안으로 걸어갔다. 숙부의 애인이 그 뒤를 따랐다. 숙부는 젊었을 때 서울의 어느 나이트클럽 댄스 대회에 참가했던 적이 있다고 했다. 젊은 날의 추억을 애인과 새로 공유하고 싶었던 것일지도 몰랐다. 결국엔 이런 조카가 있다는 사실만을 앞세우게 된 것 같았지만.

예정에 없던 일들을 치른 뒤라 피곤이 몰려왔다. 기분전환이라도 할 겸 명동에 들러 백화점에서 흰 스카프 한 장을 샀다. 집으로 가는 버스를 기다리는 동안 가방 포켓에서 명함을 꺼내 거기 적힌 전화번호를 휴대폰에 입력하고는 명함은 두 번 찢어 버스정류장 가까이 있는 쓰레기통에 버렸다.

*

이후 한 주간은 매우 바빴다. 월요일부터 회사 대표와 거의 매일 붙어다녔다. 월요일 아침 회의 자리에서 차대표가 나를 길게 칭찬했을 때 예감이 좋지 않더니 일이 그렇게 흘러갔다.

나는 전에는 대기업의 사보를 만드는 외주업체에서 기자로 일했다. 주요 인물이나 회사의 비전을 돋보이게 할 만한 기획 기사들을 주로 맡았는데, 일에 요구되는 열성에 비해 페이가 거의 동결돼 있다는 현실에 치일 때쯤 내 기대보다 조금 높은 연봉을 제시한 이곳 CN스피치로 이직했다. 차대표는 학교, 회사, 방송국, 관공서에서 줄줄이 섭외가 이어지는, 이름이 널리 알려진 강연자였다. 강연 내용은 시류와 청중 성향에 부합하는 정보와 미담을 흥미롭게 풀고 엮은 것들로, 사회 초년생이 알아두어야만 하는 처세와 미덕, 제대로 된 노후를 준비하며 중년의 시간을 효율적으로 운용하는 일의 중요성, 자녀를 독립적인 사람으로 성장시키는 부모의 역량 등등을 아울렀다. 나는 기사와 실례들을 수집해 팩트를 체크한 뒤 차대표가 강연에 쓸 만한 이야깃거리로 효과적으로 활용할 수 있도록 매회 두세 버전으로 초안을 작성했다. 강연장에 동행해 차대표의 화법, 몸짓, 표정, 청중의 반응을 두루 살핀 뒤 간략한 보고서를 만들어 올렸고, 상황에 따라 차대표 이름으로 피부과와 미용실을 예약하는 일도 했다. 차대표는 사람들 앞에서 신명을 내며 멘토 역할을 자처했으며, 화술에 관한 책을 냈을 뿐 아니라 나로서는 이해할 수 없는 특별한 진동 원리로 특허를 따낸 두피 마사지기의 홈쇼핑 광고 모델로도 활동했다.

"재경씨가 요즘 만나는 사람이 요식업에 종사한다고 했지?"

차대표가 그 주 금요일에 강연을 마치고 회사로 돌아오는 차 안에서 내게 물었다.

"적절하지 않은 질문이네요."

나는 아이폰의 시리 말투를 흉내내 대답했다. 정색하지 못할 일은 웃음으로 비껴가곤 했는데, 성대모사하는 내 잔재주가 간간이 통했다. 하지만 이번에는 제대로 해낸 것 같지 않았다. 차대표가 약간 성가시다는 투로 물었다.

"아니, 그 중식당이 방송국 근처라지 않았나? 내가 손님들 모시고 갈까 하는데."

"괜찮은 데를 한번 알아볼게요."

"설마 괜찮은 데를 내가 몰라서 이럴까?"

차대표에게 나를 곤란하게 할 의도 따위는 없는지도 몰랐다. 그렇더라도 나는 삶을 전투적으로 살아가는 사람들은 무엇이든 연료로 사용한다는 걸 이해하고 있었다. 그들은 자신을 연소시키며 저도 알지 못하는 사이에 남의 무엇을 땔감으로 쓰는 것인지도 몰랐다. 차대표와 내가 서로 좋은 게 좋은 거지, 하며 공과 사를 두루뭉술하게 엮어가면서 헷갈리기 시작할 때 둘 중 하나가 다른 하나의 뺨을 찰싹 때려줄 수 있다면 서로에게 유익할 것이다. 사귀는 사람, 요식업, 그런 게 대표와 나 사이에 무슨 사적인 의미를 가질 필요는 없어 보였다.

내게는 삼 년 남짓 만나온 연인, 영래가 있었다. 하지만 혼담이 오가기 시작하자 그에게서 도망치고 싶었고, 그가 동업자와 중식당을 개업했다는 사실과는 별개로 나는 어릴 적부터 중식을 먹으면 가끔 체했다.

"그럼 이렇게 하자고. 내가 자리를 마련할 텐데……"

차대표는 다음주 목요일에 어떤 인사들과 만나는 자리에 내가 자연스럽게 합류하면 좋겠다고 했다. 일이 되게끔 하는 방향으로 잘 굴리려면 궁극적으로 다양한 사람들이 모이는 식탁이 중요하고, 단상 위, 그러니까 마이크를 잡는 자리는 그 다음다음 정도로 중요하다고도. 식탁과 단상 사이에는 무엇이 있느냐고 질문해야 할 차례라는 걸 알았기에 그렇게 물었으나 답을 듣고 있지는 않았다. 나는 우리가 도심의 어느 후미진 골목길에 차를 대놓고 위험한 인물을 기다리고 있다고 가정해보는 중이었다. 그 위험한 자는 총을 가지고 있고, 우리는 그자가 우리 쪽으로 총구를 겨누기 전까지는 먼저 공격해서는 안 된다. 어쩌면 세상의 시간은 단 하루가 남아 있다. 석양이 지는 중이고, 아무런 노래도 흐르지 않는다. 주머니에는 초조할 때마다 씹어먹는 무언가, 이를테면 해바라기씨나 낱개 포장된 젤리가 들어 있다. 만일 그로부터 십 분 내로 죽게 되는 비운의 인물이 바로 나라면, 나는 내가 차대표를 그다지 좋아하지 않는다는 사실을 고백할 것이다. '그러니까 혹여 내가 죽더라도 죄책감을 가질 필요는 없어요'라고 말하리라. 천국의 문은 황금빛이고, 총성이 울리면 그 문이 스르륵 열리며 내가 그리로 들어가게 되리라는 걸 우리 둘 다 믿어야 한다고 속삭일 것이다. 하지만 그 위험한 자가 어떻게 총을 지니게 됐는가에 대해서는 좀 설명해둘 필요가 있을지도 모르는데, 그게 지금 가능할 것 같지는 않다……

"네, 그럴게요."

나는 분위기를 지켜보다 왠지 그래야만 할 것 같은 때 눈을 크게 뜨고 그렇게 대답했다.

"아아, 뭘 그렇게 놀래? 그날 두루 보고 의견을 좀 줘. 하던 대로 세세하게. 아니, 아니, 보고서는 필요 없어. 말로 해, 말로."

차대표가 마치 부드러운 천으로 내 목을 칭칭 감아 압박하듯이 말했다. 나는 애매하게 미소 지었으나 차대표는 만족한 듯 내 어깨를 가볍게 다독였다.

사무실로 돌아와 책상을 정리하고 다음주 일정들을 잠깐 점검하는 동안 가슴이 몹시 뛰었다. 커피 석 잔을 마신 후 이불 댓 장의 먼지를 세차게 털어내고서 커다란 텔레비전 화면으로 산이 불타는 장면이 나오는 뉴스를 지켜보는 중이라면 아마 그렇게 두근거릴 수 있을 것이다. 때로 예감이란 것이 한 인간의 모습을 갖추고서 마치 옛날 전쟁통에 사람들이 그랬듯이 내게 짤막한 전보를 쳐주면 좋으리란 생각이 들었다. 그러면 나는 때마침 인격을 잃고서 아무것도 읽어내지 못한 채 동물의 본능으로 다만 어딘가를 향해 뛰어가고 있었으면 했다. 그 반대의 경우가 아니라.

사무실 전화기를 든 채 휴대폰에 저장된 연락처들 속에서 내가 그 순간 제일 듣고 싶은 목소리가 무엇인지 살폈다. 전화를 거는 게 생각보다 쉽지는 않았다. 답을 찾은 뒤에도 조금 망설였기 때문이다.

"여보세요."

"박상림씨 자리에 계신가요?"

"접니다. 말씀하세요."

그때 우리 사무실 구석에 놓인 제네바 스피커에서 쇼팽의 〈이별의 왈츠〉가 흘러나왔다. 퇴근 시각이 되면 재생되는 음악이었다. 퇴근 시간 준수라는 형식상의 권고, 시간외수당 없음.

"예약 시간을 좀 당기려고 전화드렸어요."

"……누구시죠?"

"아, 목소리 알아들으실 줄 알았는데…… 응급실, 카레라이스…… 오늘 시간 괜찮으세요?"

그가 나를 기억해냈다. 재미있네요, 오늘은 곤란해요, 나중에 전화드릴게요, 라고 했다.

"그러시죠. 수고하세요."

나는 그의 말을 듣고는 바로 전화를 끊었다. 뒤쪽 집무실에서 차대표가 나오는 소리가 들렸기 때문이다.

집으로 돌아오는 전철 안은 언제나처럼 붐볐다. 사람들 사이를 비집고 서 있다가 집까지 정차역이 셋 남았을 때 잠깐이나마 앉게 됐다. "미친 거 아냐?" 내 앞으로 다가선 사람들이 뭔가 신나는 이야깃거리를 찾은 듯했다. "내 말이!" "그게 인간이야?" "내 말이!" "뻔뻔해!" "그렇게 살다 죽겠지. 내 알바 아냐!" 전철 문이 열리자 그들 중 한 사람만 빼고는 모두 내렸다. 남은 한 사람이 내 옆자리에 앉았다. 그는 내가 내리기도 전에 잠이 들었다.

집에 와 씻고 침대에 앉았다. 노트북을 열어 석현이라는 배우를 검색하자 동명이인 세 명이 떴다. 모두 박상림과는 닮지 않았다. 이번에는 검색창에 '동신패밀리'를 넣어봤다. 유통업체, 청소 전문 업체, 인력 사무소, 웨딩 서비스 업체, 캠핑장, 누수 관련 설비 업체가 떴으나 명함에 적힌 전화번호와 같은 곳은 없었다. 박상림에게서 연락이 오지 않을 거라는 생각이 들었다. 거실로 가 텔레비전을 틀어놓고 허브차 한 잔을 우리는 동안 나는 소파에서 깜빡 잠이 들었다.

휴대폰 벨소리에 깼을 때는 텔레비전 속에서 어떤 남녀가 각종 채소를 써는 중이었다. 식칼이나 도마 광고 같았다. 볼륨을 줄이고 전화를 받았다. 영래였다. 그는 괜찮다면 내 집으로 오겠다고 했다.

"숙부가 애인이랑 와 있어."

나는 근래 그와의 긴 대화를 회피하고 있었고, 또 막 잠에서 깬 참이라 거기서 잠시 말을 멈췄다.

"거절을 좀 하지 그랬어?"

영래는 탓하는 투였다.

"아프셔. 며칠 통원 치료가 필요하대서 당분간 여기서 지내시라고 했어. 그래도 괜찮다면 와."

영래는 연애 초부터 헌신적이고 충실한 연인을 원했는데, 나도 한동안은 내가 그런 사람인 줄 착각하는 바람에 그의 기대를 높였다. 그가 생각하는 집, 가정이란 이를테면 한결같은 정원의 이미지랄 수 있었다. 번잡한 세상사의 문제들을 정화하는 항상성이 유지되는 곳. 또는 문젯거리가 될 만한 일들을 미리 파악해 솎아내고 잘라내는 곳. 그럴 수 있을 만큼 내가 섬세하고도 단호한 사람인가 아닌가가 그에게 점점 중요해지는 듯했다. 나는 그의 지향을 일종의 망상이라고 봤지만, 망상이니만큼 그를 비난할 생각은 없었다. 대신 간혹 미안해하게 되었다. 아무래도 그편이 쉬웠기 때문이었다. 그러면 그는 아량을 베풀어 곧 너그러워지곤 했다. 우리가 서로에게 의문을 제기하고 해결을 촉구하고 위안을 요구하고 타협을 시도하는 방식과 그 순서는 일정했다.

"나 뭘 배워볼까봐."

나는 이렇게 의견을 구하는 형식으로 그를 존중했다.

"그래, 예전에 비누 공예 했었잖아."

그는 내가 일 년 전에 만든 코카콜라 병 모양의 비누를 아직 비닐 포장을 뜯지도 않은 채로 책꽂이 빈틈에 모셔두고 있었다.

"스크린 골프도 하고 싶어."

"시간 맞춰 같이해."

"알아볼게. 숙부 내려가면."

"그전에 보자. 너도 꽤 스트레스받을 거 아냐."

전화를 끊고 방으로 들어가 잠자리에 들었다. 거짓 활력과 화합을 끌어내는 데에도 진실을 존중하고 탐구하는 것만큼이나 에너지가 드는구나 싶었다. 그런데도 나는 그 모두를 원하고 있었다. 말도 안 되는 일이었다.

주말 낮에는 화장실과 발코니를 구석구석 청소했다. 마트에 가서 먹거리와 슬리퍼, 면으로 된 실내복을 샀고, 온라인 쇼핑으로 가열식 가습기를 하나 결제했다. 오지 않을 것 같던 전화가 온 건 오후 네시경이었다. 박상림. 그는 누나와 같이 있다고 했다. 발신처로 뜬 번호는 내가 알고 있는 그 번호였다.

"눈치채셨겠지만……"

그는 자기들이 친남매 사이는 아니라고 밝혔다. 마치 그렇게 말해두는 게 신사의 도리인 걸 안다는 듯이 정중하게.

"우린 지금 상황이 좋지 않아서 한군데서 오래 머물지 못해요."

"어머, 웃기지 말아요."

나는 정말 배를 잡고 웃었다.

"뭐가 그렇게 웃기죠?"

"그걸 말해주려고 전화하신 거라고요?"

"그건 아니죠. 누나가 그쪽을 알고 싶어해서, 그래서요. 내가 그날 일을 말해줬거든요."

"그럼 누님을 좀 바꿔주시든가요."

"약 먹고 잠들었어요. 잠이 귀해서 깨우질 못해요. 게다가 예민해져 있거든요. 우연이 반복되면 거기 무슨 신호가 있다고 느끼게 되는 거 같아요. 그죠? 님도 그런 거 아니었어요?"

"글쎄요."

"네, 나도 처음에는 누나한테 아니라고 했어요. 근데 뭐 결국 전화가 왔으니까요. 이름을 물어봐도 돼요? '경' 자가 들어갔던 거 같은데."

"한재경."

나는 순순히 내 이름을 일러줬다.

"한씨네요."

"지금 주무시는 분은요? 이름이 뭔데요?"

"손혜은."

나는 어릴 적 모르는 여자를 따라갔다가 길을 잃은 적이 있
었다. 여자와 어떤 시간을 보냈는지 지금은 구체적으로 떠오
르지 않았다. 다만 코끼리, 조랑말, 기린을 구경하며 많이 웃
었던 것만은 기억이 나는데, 그래서 여자와 다녔던 곳 중 하나
가 동물원이었으리라고 추측했다. 여자가 집까지 나를 데려다
주었는지, 아니면 나 혼자 힘으로 집을 찾아왔던 건지조차 기
억에서 지워졌다. 고등학생 때는 친구를 따라 신흥 종교 집단
의 부흥회에 참석할 뻔했다. 그때 아버지가 미리 눈치채 나를
잡아냈고 나도 금세 정신이 들었다. 주변에도 간혹 비슷한 경
험을 한 사람들이 있었기 때문에 내게만 벌어진 특별한 사건
이라 할 수는 없었다. 나는 그 사람, 박상림에게 그런 이야기
들을 했다. 일부러 했다. 마치 그가 응급센터의 구석자리에 앉
아서 내 말을 경청하고 있는 이미지가 연상되었는데, 그게 나
를 차분하게 만들었다. 그는 누나가 얼마 전까지 주일미사 때
성가 반주 봉사를 했던 천주교 신자라고 했고, 자기는 무슨 사
탕발림이나 해서 고가의 온수 매트 같은 걸 파는 사람이 아니
라며 웃었다.

"하지만……"

그때 약간의 콧소리와 쨍하고 유리 부딪치는 소리가 동시에
들렸다.

"아, 깼나보네요. 잠깐만요."

주말 낮 네시경은 모르는 사람들 속에 섞여 뭐든 할 수 있는 시간이었고, 내가 이런 일을 얼마나 진지하게 받아들일 것인가 하는 문제는 전적으로 내게 달려 있었다. 적어도 그 순간까지는 그랬다. 하지만 전화를 끊지 않고 다음에 벌어질 일을 기다리는 동안 나는 내 의지보다 원대한 어떤 힘을 언뜻 이해한 것만 같았고, 그게 마음에 들었다.

"여보세요."

처음 들은 손혜은의 목소리는 나직이 가라앉아 있었다. 그녀가 재채기를 크게 두 번 하고는 멋쩍게 풋, 웃었다.

"온도 변화에 민감해서요. 굉장히 따뜻하게 해놓고 자거든요."

"아직 아프신가봐요. 뭘 좀더 걸치세요."

"네, 그러고 있어요."

"동신패밀리, 가족회사인가 생각하고 있었어요."

"아! 여기, 빌라의 옛날 명칭이에요. 예전에 이 자리에 있었던…… 워낙 옛날 일이라 아는 사람만 알 거예요. 그보다 병원에서 상림이한테 먼저 번호를 주셨다죠?"

"네, 그랬죠."

"식구들은 춤바람이 났고요?"

"너무하네요!" 나는 소리 내어 웃다가 목을 가다듬은 뒤 다음 말을 이었다. "스테이지에서 얼마 놀아보지도 못하고 다치는 춤꾼이 어디 있어요. 숙부는 그냥 기분파예요."

"……수상한 사람인 줄 알았어요."

"숙부가요?"

"아뇨, 그쪽요. 하지만 그럴 리가!"

"세상일을 다 어떻게 압니까."

"그분, 숙부 말이에요, 인정이 많아 보이던데, 혹시 아버지 같은 존재, 뭐 그런 건가요?"

"전혀! 그보단 제가 형 같은 책임감으로 그날……"

"아! 그쪽이 아버지 대신이군요!"

나는 뭐라 반응하지 못했다. 아버지 대신이군요, 라니. 잘 알지도 못하는 사람에게 그런 말을 듣게 돼 한 대 얻어맞은 듯 벙벙해졌다.

"상림이는 육 개월 전에 죽을 뻔했어요. 칼부림이 났었거든요. 혹시 이런 무거운 이야기, 듣기 괜찮은가요?"

"……"

"싫으면 지금 전화 끊어요."

"알아서 할게요. 중간에 끊든가. 그래서요?"

"상림이가 거친 일을 했었어요, 험한 사람들이랑. 패싸움도 잦고, 비명횡사도 왕왕 봤대요. 자세히는 나도 몰라요, 걔가 목숨값 걸고 빠져나온 지옥. 아는 건 이런 거예요. 그러다 죽으면 깨끗한 시체는 못 된다는 거."

침을 꼴깍 삼켰지만, 전화를 끊지는 않았다.

"내장이 파열돼 거의 끊어질 목숨이었는데, 수술이 잘됐어요. 얘가 회복도 빨랐고요. 의사들이 다 놀라며 기적이라고 했어요. 정말 그렇잖아요, 기적요, 다시 태어나는 거. 듣고 있어요?"

"네, 듣고 있어요."

"그래서 이제 나머지 시간은 선물이라고 생각하면서 살려고 해요. 상림이 고향으로 가서요. 거기서 우리 둘 다 새로 시작할 거예요. 뭐든지 다. 근데 그거 알아요? 아무것도 없이 다시 태어나는 거, 그건 축복이지만 공포이기도 해요. 엄청 희망적이었다가, 온통 절망이었다가, 또 막 자유로웠다가…… 그러다 눈 깜빡할 새에 예전으로 되돌아가 있을까봐 무서워요. 턱이 덜덜 떨리도록."

주말 오후, 시계가 다섯시를 향해 가고 있었다. 나는 당연히 혼란스러웠다. 그러다 산 사람은 모두 각자의 이유로 제가 선 자리에서 결백하다는 생각을 떠올렸다. 그렇다면 누군가는 진술을 들어야만 할 것이다. 누군가는 나에게 결백을 말하고, 나 또한 누군가에게. 그 생각이 이성을 찾게끔 나를 도왔다.

"외화를 수입했다더니 그건 거짓말이었네요."

"거짓말은 아녜요. 그냥 약간 틀린 말이죠. 수입사에서 상림이네 보스한테 돈을 빌려갔어요. 수입사 사장은 전에 오랫동안 술장사를 했고요. 돈은 돌고 돌고 돌잖아요. 하여간 그 일은 망했어요."

"아픈 사람은 손혜은씬 줄 알았는데요. 박상림씨는 보호자고."

"상림이는 이제 괜찮아요. 맞아요, 지금은 내가 문제예요. 병원에선 다 괜찮다고 했는데, 사실 안 괜찮거든요. 상림이가 그 일 당한 이후로 가끔 호흡곤란이 와요, 나한테. 상림이가 아니라 나한테요. 그때 환상을 보기도 해요. 벽에서 끝없이 사람들이 걸어나와요. 나와서 창문을 좀 닫아달라고 해요. 애원하고 또 애원해요. 좁은 집이 모르는 사람들로 터져나갈 것 같은데, 창문을 열면 안 된다고 해서 내가 숨이 막혀요."

나는 손혜은의 이야기를 들으며 아버지에 관한 생각으로 빠져들었다. 강력반 형사였던 아버지는 혼자 자식을 돌볼 여력이 없었기에 일찌감치 나를 할머니 손에 맡겼다. 그러니 우리 부녀는 마주보고 대화할 계기나 시간이 별로 없었다. 그런 것치곤 비교적 사이가 좋았던 편이라고 본다. 함께 있을 때 침묵이 불편했던 적이 한 번도 없었기 때문이다. 자주 떠올리게 되는 선명한 추억은 두 가지 정도였다. 하나는 우리가 휴일에 소파에 나란히 앉아 함께 마라톤 경기를 본 것이었다. 유력한 우승 후보 중에 누가 기록 경신을 하게 될까는 우리 부녀의 관심사가 아니었다. 그중 누가 어디쯤에서 중도 포기하게 될까, 우리는 그게 궁금했고 대부분 아버지가 잘 맞혔다. 순서까지 맞혔다. 어떻게 그런 기미를 알아챌 수 있었는지 끝까지 알려주지 않았기에, 아버지와 마라톤은 내게 한 쌍의 신비처럼 남았다. 말수 적은 아버지가 가장 신중하게 들려준 이야기는 가정집 지하실에서 도막 난 시체를 찾아낸 사건에 관한 것이었다. 그게 내가 두번째로 손꼽을 수 있는 우리의 추억이었다. '대학생들이 과제 때문이라면서 신문 기사를 보고 찾아와 세상 무서운 줄 모르고 이런저런 걸 물어가며 현장을 궁금해하더란 말이야. 그래서 그 집에 데려가 지하실을 보여줬더니……'

"괜찮아질 거예요."

나는 머릿속에 피어오르는 어두운 지하실의 이미지를 치워내며 그렇게 말했다.

"당신이 어떻게 알아요?"

"알지 못하는 사람이 해줄 수 있는 최선의 말, 아닌가요."

손혜은이 하, 하고 웃었다.

"이런 얘기 듣게 된 거 후회되겠어요. 그냥 지나칠 기회도 두 번은 됐을 텐데. 혹시 모르는 남자와의 로맨스, 뭐 그 비슷한 걸 상상하고 기대했었나요?"

"네, 그러네요, 그랬네요. 피는 못 속인다, 그 말도 지금 생각나고요."

"아버지 바람둥이셨구나."

"사랑이 많은 분이셨죠."

손혜은과 이야기를 조금 더 나누었다. 전화를 끊고 나서는 한동안 침대에 대자로 누워 가쁜 숨을 쉬었다. 이상한 전율을 느꼈으나 내 심신을 흔든 그 감각은 빠르게 희미해졌다. 나를 부르는 소리는 내가 귀기울이는 데서만 난다. 나는 응답을 받았다. 그런 느낌이 들었다.

*

차대표는 예정대로 자기가 원하던 방식으로 식탁을 꾸렸다. 그녀의 후배가 소개한 프렌치 레스토랑에서였다. 차대표와 친분과 이해관계가 다 다른 사람들이 테이블에 둘러앉아 각자의 견고한 비전을 서로 견주었다. 모인 인원은 나를 포함해 총 여덟 명이었는데, 당연히도 여덟 명 모두가 그 자리를 흥미로워한 것은 아니었다.

화장실로 가 손을 씻고 있을 때, 내 뒤쪽 파우더룸에서 두 사람이 떠드는 소리가 들려왔다. 둘 중 한 사람이 프랑스 영화는 주로 집안에서 이야기가 벌어져서 극장이 아니라 집에서 봐야 한다고 젠체하며 말했다. 편리한 관점이지만 그 외의 관점들에 대해서는 미리 가능성을 닫아버리는 것 아닌가 하는 내 의견을 돌발적으로 피력할 필요는 없었다. 왜냐면 나는 그날 치의 스트레스를 나름대로 잘 조절하고 있었고, 또 때마침 전화가 왔기 때문이었다. 모르는 번호였지만, 나는 재빨리 전화를 받았다. 저쪽의 목소리를 대번에 알아들을 수 있었다. 손혜은이었다. 목소리에 담긴 감정도 꽤 선명히 전달됐다. 차분하지만 밝고 힘이 있는 톤이었다.

"한재경씨." 손혜은이 말했다. "이름을 한번 불러보고 싶었어요. 그래야 할 거 같아서. 언제든 생각날 때 기도해줄래요?"

나는 그러겠다고 했다. 행운을 빈다고.

"나도요"라는 박상림의 목소리도 들려왔다. "평안을 기원합니다. 평화도요."

우리는 그렇게 정중히 인사를 나누고 전화를 끊었다.

나는 밖에 나가 잠깐 바람을 쐰 뒤에 테이블로 돌아가 앉았다. 거기서 오가는 대화들을 흘려들으며, 사람들이 명분을 만들 때 잘 사용하는 어떤 포용력 있는 단어들에 대해서 생각했다. 이를테면 사랑이라든가 정의라든가 구원이라든가 하는 거창한 단어들. 또 매우 사적인 경로를 통해 은밀히 알게 되는 타인의 이름이나 어두운 지하실, 한밤의 응급실, 벽에서 걸어 나오는 사람들, 목숨값이란 말에 대해서도. 그런 뒤 유창한 건배사가 시작되기 전에 미리 잔을 채워 달고 떫고 신 내 몫의 와인을 한 모금 삼켰다.

여름의 목소리

화창한 6월 아침, 홍경은 거실 소파에 앉아 원진에게서 선물받은 조엘 폼므라의 희곡 『이 아이』를 읽고 있었다. 두 달 전 단독주택 이층으로 이사한 그는 가구와 가전제품을 최소화하여 집안을 간소하게 꾸며놓고서 패브릭 소파에서 책을 읽는 것으로 하루를 시작했다. 소파 위쪽에는 벽면의 절반 이상을 차지하는 창이 있었는데, 그리로 아름드리 목련나무 한 그루가 가까이 바라보였다. 봄날 짧은 한때에는 목련이 흐드러지게 피어 그의 머리 위쪽 풍경이 크림색이었다. 꽃이 지고 무더위가 예고된 지금, 참피나무 블라인드 사이사이로 엿보이는 창밖의 색은 목련나무의 무성한 이파리들이 뿜어내는 연초록이었다. 아침마다 작은 새들이 이 가지에서 저 가지로 옮겨 앉왔다 날아갔다. 멀거나 가까운 데서 부지런히 우는 새들의 지저귐이 그에게는 때로 히콕히콕, 꺅꺅꺅, *스즈스즈부*, 도이치 도이치 등으로 들렸다.

―두 분께 이 아이를 드릴게요.

―……? 뭐라고요?

―드리겠다고요. 이제 이 아이는 두 분 겁니다.

홍경은 희곡의 제5장에 이르러 대사 몇 줄을 소리 내어 읽어보았다. 열 개의 짤막한 장, 열 가지 독립된 에피소드로 구성된 이 희곡에서는 장마다 새로운 인물들이 등장했다. 제5장의 무대는 아파트 층계참이었다. 거기서 어떤 미혼모가 이웃의 중년 부부에게 자기 아기를 안기고서 아기의 참부모가 되어달라고 간곡히 이야기하는 중이었다. 불안정한 자신보다는 관대하고 친절한 당신들이 부모로 적합할 거라고, 그간 지켜보며 확신할 수 있었다면서.

홍경은 살아오면서 희곡집을 선물받은 일이 처음이었지만, 의도를 바로 알아차릴 수 없는 알쏭달쏭한 대사들을 내뱉는 인물들에게 흥미를 느끼는 자신이 신기했다. 그는 대학에 막 입학했을 적에 친구 도연의 어머니가 기획자로 참여한 패션쇼장에 놀러갔던 일이 떠올랐다. 쇼와 쇼 사이 쉬는 시간에 화장실에 간 도연을 물을 한 잔 마시며 기다리고 있었는데, 운동선수처럼 건장한 남자가 다가와 그에게 학생이냐고 묻고는 배우

오디션을 보지 않겠냐면서 연락처를 알려달라고 했다. 흥경은 놀란 아이처럼 눈을 치뜨고 자기보다 키가 한 뼘 정도 큰 그 남자를 바라보았다. 순간 상상력이 나쁜 쪽으로 힘차게 뻗어 나갔다. 인질로 잡혀가 삶이 피폐해지는 처절한 상황이 최악의 버전, 그보다는 나은 처연한 버전 등으로 머릿속에 그려졌다. 그는 올가미를 끊고 악인의 손아귀에서 빠져나가는 스릴러 영화의 주인공을 떠올리며 그에 부합하는 미소를 짓고서 제 허리에 한 손을 얹은 채 말했다. "관심 없어요." 남자가 당황한 듯 굳은 표정으로 한 걸음 물러섰다.

화장실에서 돌아온 도연이 그들 사이에 끼어들어 타이레놀을 찾았다. "혹시 갖고 있어? 나 지금 머리가 지끈거려." 흥경은 도연과 그곳을 빠져나와 택시를 타고 남산길을 드라이브했다. 하얏트호텔을 지나쳐 남산공원이 바라보이는 신호 대기 구간에서 도연이 말했다. "타이레놀이 심장 뒤쪽에 걸린 것 같아. 물을 충분히 삼키지 않긴 했어. 알약은 이래서 싫어." 그는 침울한 표정을 한 도연의 등허리를 쓸어내리며 괜찮은지 물었다. 도연은 다른 문제도 있다고, 중요한 손님인 셀럽 두 명이 아직 쇼장에 도착하지 않아 어머니가 스트레스 상태라고 털어놓았다. "덩달아 내 머리까지 깨질 듯 아파지지 뭐냐. 내가 얼마나 엄마 눈치를 보며 가슴 졸이고 사는지 이제 너도 알았겠지." 흥경은 "각별한 모녀지간이니까 그렇겠지" 하고 상냥한 말투로 대꾸했으나 뭘 알고 한 말은 아니었다. 도연은 고맙다면서도 '하지만' 하더니 말을 보탰다. "하지만 넘겨짚는 말은 마. 모르면 그냥 잘 모르겠다고 해. 넌 내 친구잖아."

넌 내 친구잖아.

그래, 그 비슷한 말을 엊그제도 들었지, 홍경은 생각했다. 원진이도 그랬었지. 이 희곡집과 꽃바구니를 선물로 보내주면서. 그는 옛친구 도연의 가는 목소리와 원진의 나직한 탁성을 겹쳐 떠올리며 미소 지었다. 공교롭게도 지난 우정은 아스라이 먼 곳에 있었고, 원진과의 새로운 친교에 대해서라면 아직 뭐라 이를 말이 없었다.

마당에서 떠드는 소리가 위까지 올라왔다. 홍경은 소파에 책을 펼쳐두고 자리에서 일어나 블라인드 슬랫 사이로 바깥을 내려다봤다. 아래층 모녀가 파란색 코나에 오르는 중이었다. 평소보다 늦게 일하러 나가는 듯 분주한 모습이었다. 모녀는 사 년 전에 이 동네 골목길에 비건 레스토랑을 오픈하고 이 집을 샀다. 그들은 당시 지자체로부터 창업 지원 보조금을 받았는데, 실패할지 모른다는 걱정 따윈 조금도 하지 않을 만큼 의욕이 넘쳤던지라 커다란 희망에 부풀어 있었고, 간판을 올린 날 가게 안으로 들어온 길고양이를 식구로 받아들였다. 그는 이런 이야기들을 도막도막 접했다. 새로운 장소에 익숙해지려고 동네를 산책하다 모녀와 마주쳤을 때, 또 모녀가 운영하는 레스토랑 '수풀'에 들러 샐러드와 샌드위치를 포장해간 날에, 그리고 수풀이 휴무인 월요일 저녁 무렵 집 앞마당의 흰 파라솔 밑에서 다 같이 아이스 카페라테를 만들어 마셨을 적에. 모녀는 둘 다 호리호리했으며 급한 성격에다 말하는 속도도 빨랐다. 어머니의 이름은 경선, 딸은 해송이었다. 그가 이사온 날에 해송은 마당에 서서 공으로 저글링을 하는 듯한 동작을 해 보이면서 "모든 건 타이밍 아니겠나요?" 하고 말했다. 몸을 부풀려 실제보다 커 보이려고 위장하는 동물처럼. 혹은 세상 모든 유용한 신호들과 접속하려는 의욕을 과시하려는 것처럼. 그가 "무슨 뜻이에요?" 되묻자 해송이 어깨를 으쓱하며 "반갑다고요!" 하고 함빡 웃었다. 나중에 그는 그게 안도와 환대의 제스처라는 걸 알았다. 그가 혼자 살고, 짐이 적고, 다루는 악기가 없고, 입이 싸지 않고, 기본적인 룰을 지키는 예의바른 사람이라는 데서 우러난. 왜냐면 사 개월 전까지만 해도 그 집 이층은 소란스러운 사 인 가족이 아침저녁으로 쿵쾅거리던 곳이었기 때문에. 초등학교에 다니는 남매가 이른아침부터 거실을 가로질러 뛰어다니거나 실로폰을 마구 두드려댔고, 게으른 그 집 남편이 쓰레기 분리수거 날 막바지 시간에 귀에 이어폰을 꽂은 채로 어슬렁거리며 내려와 이케아 장바구니에 대충 쓸어 담은 다양한 쓰레기를 마당에다 도로 끄집어내 늘어놓고 분류했으며, 그 부인은 화가 나면 큰 소리로 이건

틀렸고 저건 왜 저러냐며 꺽꺽 하고 히스테릭한 소리를 냈기 때문에. 그리고 뒤를 이어 새로운 세입자가 될 뻔했던 은퇴한 노부부가 갑자기 가계약을 파기해버린 후, 마치 바통이라도 이어받듯이, 정확히는 이틀하고 반나절 만에 그가 나타났기 때문에.

나는 안전한 사람이야. 해롭지 않지. 왜냐면……

나무 이파리를 스치고 날아간 새 두 마리가 홍경의 시야 밖에서 울었다. 도이치, 도이치, 도이치. 그는 다른 사람들에게는 그 울음소리가 어떻게 들릴지 궁금해하며 휴대폰을 가져와 녹음했다.

오후에 홍경은 조깅복 차림으로 택시를 타고서 친구 수빈의 집으로 갔다. K호텔 객실팀에서 일하는 수빈은 호텔이 리모델링에 들어가면서 두 달간 유급휴가를 얻었다. 지난주 통화에서 수빈이 도보 순례에 대한 로망과 방전된 체력 보충을 화제 삼았기에 둘은 간만에 서울숲 조깅 코스를 돌기로 했다. 코스와 상대적으로 더 가까운 수빈의 집에서 만나 이야기를 나누다가 해가 한풀 꺾일 때쯤 걸으면 덜 지칠 것이었다. 그런데 택시가 목적지에 다다랐을 때, 그는 눈에 익은 흰색 소렌토가 빌라 주차장에 서 있는 걸 보았다. 수빈의 남동생 노을이 와

있는 모양이었다. 홍경이 301호 현관 앞에 다다라 벨을 누르
자 노을이 약간 멋쩍은 표정으로 그를 맞았다.

"누나는 방에 누워 있어요. 아까 라식수술 받고 왔거든요."

"라식? 어머, 그런 말 없었는데."

홍경이 신발을 벗고 안으로 들었다.

"예약 대기 걸어놨었는데, 티오가 났대서 바로 움직였어
요."

"아! 같이 뛰자고 하더니만."

"당분간 운동은 못할걸요. 지금 라디오를 듣고 있어요. 조
명도 너무 환하게 밝히면 안 좋다고 하더라고요."

홍경은 이번이 노을과 네번째로 만나는 거였는데, 첫번째,
두번째, 세번째 때와 마찬가지로 노을의 날렵한 턱선과 칼귀
에 눈길이 갔다. 그 특징들은 모계로부터 왔다고 했다. 전체
적으로 둥그스름한 인상인 수빈과는 달랐다. 그는 잠시 그 생
각에 붙들렸다.

노을이 방문을 두드리며 홍경이 왔다고 소리치자 안에서 흘
러나오던 노랫소리가 멈추었다. 노을이 "아이스티 괜찮죠?"
하고 웃더니 뒤돌아서 주방으로 갔다.

홍경은 어스름한 방으로 들어가 수빈 앞에 섰다. 수빈이 눈
을 감은 채로 침대에 얌전히 누워 "어서 와. 어서 와" 하고 잠
꼬대하듯 읊조렸다. 홍경이 화장대 의자를 침대 옆으로 가지

고 오는 동안 수빈이 리모컨을 더듬거려 다시 라디오를 켰다.

"얘기 들었어. 갑자기 무슨 일이야. 좀 괜찮아?"

홍경이 수빈에게 다가앉으며 물었다.

"말도 마. 레이저로 눈물점을 지웠을 때보다 열 배는 더 아슬아슬 무서웠어. 각막 두께가 간당간당했거든."

"그래도 이제 받았으니깐 좋아질 일만 남았네."

"응응. 제발 부작용 없이 시력이 깨끗하게 잘 나왔으면. 그만 긴장 풀고 느긋해지려고 평소에는 잘 듣지도 않는 발라드를 틀어놓고 있지 않겠니."

스피커에서 흘러나오는 음악은 그저 발라드라고 뭉뚱그리기에는 무척 유명한 올드팝이었는데, '여름에 이별을 고하고 싶진 않아. 우리가 그리워할 사랑을 알면서. 오, 9월에 만나기로 약속해'라는 가사가 이어지는 중이었다. 홍경이 손끝으로 리듬을 타며 말했다.

"난 하얀 티셔츠 입고 왔다. 새로 산 거야. 조깅복."

"아, 그래, 맞아, 조깅……" 수빈이 천천히 움직여 침대 헤드에 등을 기대앉고는 눈을 게슴츠레 뜨며 말을 이었다. "병원 나서면서 연락하려다가 말았어. 이래도 저래도 너는 나 보러 올 텐데 싶기도 해서 말이야. 미안."

"네네, 용서해드립니다."

"뭐 타고 왔니?"

"택시."

"난 노을이 차로. 노을이가 오늘 내 보호자 역할 좀 했지."

노을의 흰색 소렌토는 삼 년 전 출시된 모델로, 홍경이 아버지의 여자친구에게서 중고로 사서 일 년 남짓 몬 뒤에 노을에게 되판 것이었다. 올해 초 찬바람이 많이 불던 날의 일이었다. 노을이 차를 넘겨받으며 감기 기운이 있던 홍경을 위해 제 반코트 양쪽 주머니에서 핫팩을 하나씩 꺼내 건넸었다. 홍경은 핫팩 두 개를 겹쳐 양손으로 감싸쥔 채로 노을이 차에 오르는 모습을 바라보았다. 차가 시야에서 멀어지는 동안 홍경은 아버지가 자신이 운전하는 차 조수석에 앉아 가만히 졸던 모습, 생각에 잠길 때마다 엄지로 턱끝을 문지르던 모습이 떠올랐다. 운전을 좋아하지 않는 아버지가 운전을 잘하는 여자들에게 늘 호감을 갖고 있던 걸 생각하면 그가 조금은 귀엽게 여겨졌다. 그러나 아버지가 늘 그 차의 조수석에 앉아 무슨 풍경을 바라보며 어떤 감정을 느꼈는지, 어디까지 달려본 건지는 알지 못했다. 사생활을 터치하지 않는 부녀간이었기에 그런 걸 서로에게 이야기해본 적이 없었다. 아버지는 겨울날 연하곤란으로 인한 급체로 기도가 막혀 허망하게 세상을 떠났다. 홍경은 지루하리만치 더 남아 있을 줄 알았던 부녀의 앞날이 실은 존재하지 않는 것이었다는 상념에 젖어 차에 오르내리고 주행속도를 확인하는 평범한 행동이 영 자연스러워지지 않았다. 그래서 노을이 중고차를 알아보고 있다는 이야기를 수빈에게서 전해들었을 때 마침 잘되었다 싶어 반색했다. 물건과 사람과 시간과 공간이 재배열되는 것을 실감하며 단 한 번뿐인 계절들을 새로 살아가는 것. 그것이 요사이 그의 소망이었다. 이사를 준비하며 물건들을 대폭 처분하고 짐을 간소화한 것도 그런 이유에서였다.

"레몬청이 있길래 좀 섞어 넣어봤어요."

노을이 아이스티를 만들어와 흥경에게 내주었다. 흥경이 유리잔을 받아들고 한 모금 마시고는 맛있다며 미소 지었다. 라디오에서 디제이가 퀴즈를 냈다. 그들은 퀴즈의 정답을 열렬히 알아맞히려는 것처럼, 정답을 맞힌 청취자에게 주어질 '놀라운 상품'이 무엇일지 고대하는 사람들처럼 라디오에 귀를 기울였다. 그러다 잠시 광고를 듣고 다시 돌아오겠다는 디제이의 멘트에 맥이 풀려서 답을 맞히는 일에 시들해졌다. 수빈이 라디오를 껐다.

"아침에 새소리를 녹음했는데 무슨 새인지 잘 모르겠어."

흥경이 휴대폰을 꺼내 거기 녹음한 새소리를 들려주자, 노을이 고개를 갸웃하더니 대답했다.

"이키이키이키, 하고 우네요. 소리가 귀에 익기는 한데."

"이키이키?"

흥경이 눈을 반짝 뜨며 물었다.

"네, 그렇게 들리는데요."

"도이치도이치 아니고?"

수빈이 잠자코 듣다가 "너희 갑자기 웬 새 타령이냐들" 하고 어깨를 들썩이며 웃었다.

노을은 잠시 뒤 대학 선배를 만나러 간다며 자리를 떴다. 그제야 수빈이 홍경에게 털어놓길, 노을이 재작년 의료 미용 기기 관련 주식으로 크게 재미를 보았는데, 투자금을 늘려 다른 종목에 재투자하는 과정에서 대부분을 잃었다고 했다. 요새는 드론으로 관심을 돌려 업계 사람들을 만나보는 모양이라고.

"며칠 전에 노을이가……"

수빈의 눈에 며칠 전의 노을은 예사롭지 않은 게 마치 재작년의 노을이 보내온 메신저인 듯 보였다. 이를테면 노을은 미래의 전망에 대해 쾌활하게 떠벌리며 '확실히'라는 단어를 빈번히 사용했다. 오히려 수빈은 그 때문에 불확실성에 이끌린 동생의 달뜬 기분을 읽어냈다고 했다.

"근심스러운 생각이 팝업창 뜨듯이 떠올랐지만 궁금한 걸 다 시시콜콜 캐묻지는 않았어. 아무려나 투자에 대해서라면 내가 걔한테 조언할 건 없거든. 그러기엔……"

이야기가 길어지고 있었으므로, 홍경이 수빈의 화장대 서랍 안에서 선글라스를 찾아내 수빈에게 가져다주었다. 수빈이 그걸 받아 썼고, 둘은 주방으로 가 식탁에 마주앉은 후 대화를 마저 이어갔다.

"그러기엔 뭐랄까. 솔직히 나는 나한테 투자하는 데도 박하니까. 돌아보니 너무나 그렇더라. 그래서 결국 이런 게 다 무슨 소리냐면, 노을이가 급하게 목돈을 빌려달라고 해서 내가 비상금 모아둔 걸 좋게 다 내줬다는 말이야."

"아, 그런 일이 있었니. 고민이 됐겠구나."

"아냐. 결과가 어찌되든 나는 다 괜찮다, 하는 마음으로 결정을 빨리 내렸는걸. 근데 사람은 자기 처지와 주변 상황에 알게 모르게 계속 영향을 받는 거 아니겠니? 괜찮다고, 분명히 그렇게 생각했으면서도, 갑자기 '난 나한테 뭘 해주고 있지?' 싶은 생각이 속속 드는 거야. 늘 콘택트렌즈를 껴서 몸이 더 피곤했는데 휴가 첫머리에 그거부터 해결하자고 후닥닥 움직였어. 평소라면 신중하게 몇 군데 더 알아보고 결정했을 텐데, 이렇게 충동적일 일이야? 수술받고 돌아오는 길에 뒤늦게 찜찜해지더라고. 하지만 지금은 아까보다는 한결 편안해졌어. 네가 나한테 이제 좋아질 일만 남았다고 말해줘서 그래. 노을이한테 주고 너한테 받고, 세상에 돈만 돌고 도는 건 아니지, 그걸 깜박했네, 하는 생각이 들더라니까. 내가 이렇게나 사람이 얄팍하다."

"얘, 고맙단 얘기를 길게 해줘서 나도 고마운데, 너 지금 뭣보다 잠을 자두는 게 제일 좋지 않겠어? 그만 눈을 푹 쉬어줘."

"아무래도 그래야 할까?"

"두말해 뭐해. 회복하는 데는 그게 제일 좋겠지. 혹시 약 처방받은 것 있어?"

"응응. 안약. 시간 맞춰 넣어줘야 해서 알람 설정해두었어."

수빈이 말을 잘 듣는 아이처럼 얌전히 침대로 가 도로 누웠다. 수빈이 잠을 청하는 동안 홍경은 집안 환기를 해두고서 밖으로 나섰다. 퇴근 시간과 겹치지 않게 귀가하려면 다른 데 들를 여유는 없어서 바로 전철에 올랐다. 다행히 전철은 아직 한산해 앉아 갈 수 있었다. 홍경은 선글라스를 끼고 제집 식탁에 앉아 있던 수빈의 모습이 문득문득 떠올라 가만히 있다가도 헤실헤실 웃음이 났다. 사회에서 만난 사람들을 다 믿지 말라고, 밖에서 너무 순진하게 굴지 말고 요령껏 앞가림하라고 노상 가르치려 들던 엑스와는 헤어졌어도 수빈과는 여태 잘 만나고 있구나 싶어서 새삼 그것도 우스웠다.

홍경은 삼림욕장이 근접해 있는 J호텔에서 수빈을 처음 만났다. 사 년 전의 일이었다. 홍경은 예약팀 사무실에서, 수빈은 프런트 데스크에서 일했다. 홍경은 어느 정도 실무를 익히며 경험을 쌓고 난 뒤 리스본에 있는 호텔에 취업할 생각이었다. 그러나 육 개월이 채 지나지 않아 자신이 서비스 업종에 맞지 않는 사람이란 사실을 잘 알게 되었다. 혼란한 상황과 무례한 사람들을 만나면, 그는 심신의 에너지를 죄다 그러모아 임했기에 그 일을 매끄럽게 처리하게 되었든 울퉁불퉁 봉합하게 되었든지 간에 결과적으로 소진 상태가 됐다. 그 반대의 경우, 사랑스러운 상황과 다정한 사람들 앞에서도 그랬다.

한번은 어떤 노부인이 노쇼 처리된 예약 건에 대해 호텔로 항의 전화를 걸어온 일이 있었다. 날짜를 착각해서 객실을 사용하지 못했는데 전액 결제가 된 게 부당하다면서 돈을 돌려달라는 요구였다. 환불받으면 자기가 다른 날짜에 재예약할 텐데 왜 이렇게 빡빡하게 구느냐면서.

흥경은 규정에 따라 환불은 불가하다는 사실을 신중하게 전했다. 예를 갖춰서, 부인이 이해하기 쉽도록, 거푸 친절한 말투로 설명하려 애를 썼다. 부인은 더디게나마 상황을 받아들이는 듯했으나, 다음날 다시 호텔로 전화를 걸어와 콕 짚어 흥경을 찾았다. 흥경은 그로부터 사흘간, 매일 오후 세시부터 네시 사이에 십 분 이상씩 부인과 통화를 이어가야 했다. 첫날에 부인은 코멘소리로 통사정했지만, 둘째 날에는 소리 높여 항의했고, 그 바람에 깜짝 놀란 그 집 개가 컹컹 짖어댔다. 이후 비가 쏟아졌던 나머지 두 날에 부인은 이번 일뿐만 아니라 거의 모든 관계를 어처구니없는 실수로 망쳐왔다면서 자신을 책망하다 길게 한숨을 뱉어냈다.

흥경은 부인의 이야기를 귀담아들었다. 그의 선에서 할 수 있는 최선의 노력이 그것이라는 것을 그나마 다행이라 여겼다. 부인은 호텔에 딸과 함께 묵을 계획이었다고 했다. 딸을 기쁘게 해주려고 여태 비밀에 부쳐왔는데, 하찮은 실수로 여행이 시작되기도 전에 계획이 죄다 어그러진 데 몹시 부아가 났다고.

"좋은 추억이 될 줄 알았더니만, 이게 뭐랍니까. 일이 잘못되려면 뒤로 자빠져도 코가 깨진다더니 애당초 재수없게 될 일이라서 이렇게 꼴이 뒤웅스럽게 되어버린 거 아닌가 싶고요. 아이고, 내 팔자에 무슨 호캉스. 딸은 원체 나를 안 좋아합니다. 원망만 가득하니 거기 갔대도 쌈박질만 해댔겠지요. 속상할 일 더 벌이지 말라는 계시로 알래요. 늙어가며 헛짓하지 말자는 교훈으로 삼고 말아야죠. 되지도 않는 말 받아주느라 그간 수고하셨소."

홍경은 "제가 선생님이라면" 하고 말문을 열었다가 목소리를 가다듬고는 "제가 따님이라면" 하고 말을 바꾸었다.

"제가 따님이라면 어떤 기분일지는 잘 모르겠습니다. 전 어머니랑 어릴 때 헤어졌기 때문에 함께 여행한 추억이 없거든요. 혹시 따님께 의견을 구해보는 건 어떠세요? 터놓고 이야기를 나눠보시면요. 만일 두 분이 저희 호텔을 다시 예약하신다면, 서비스를 업그레이드해드릴 수는 있습니다. 아시다시피, 가까운 삼림욕장에서 계절마다 이벤트를 엽니다. 원하신다면 저희가 그곳과 연계해서 예약을 잡아드릴 수도 있어요. 편하게 즐기실 수 있을 거예요. 언제든 또 연락 주세요."

그로부터 며칠 후 부인은 다시 호텔로 전화를 걸어와 객실을 예약했다. 사 주 후, 2박 3일 일정으로. 부인은 자기가 기대할 수 있는 서비스들이 무엇인지 재차 확인했다. 홍경은 고층 스위트룸의 룸서비스, 스파와 마사지 쿠폰, 삼림욕장 힐링캠프 입장권을 체크인 때 받아가게 될 거라고 이전과 일관되게 답했다.

"일단은 그렇게 알아둘게요. 그날 가서 딴소리하면 안 돼요. 절대, 절대로!"

그 유난스러운 당부의 말, '절대, 절대로' 때문에 홍경은 수빈에게 부인이 체크인하면 저한테도 귀띔해달라고 미리 부탁해두어야 했다. 그때까지만 해도 두 사람은 별다른 친분이 없었지만, 수빈은 홍경이 부인을 응대하느라 애먹은 이야기를 다른 동료들로부터 어느 정도 전해들었던 터라 무슨 일이냐고 자세히 되묻지는 않았다.

"그렇게 할게요. 걱정하지 마요."

수빈은 걱정하지 말라는 당부를 명랑하게 덧붙이고서야 홍경이 자기에게 걱정하는 내색을 비친 적이 한 번도 없다는 사실을 떠올리고는 웃음을 흘리며 "나만 믿어요" 하고 장난스레 굴었고, 매우 개인적인 정보도 흘렸다. 제 오른쪽 발이 왼쪽 발보다 약간 큰데 그 때문에 대학 시절부터 애용한 단골 수제화 매장이 있다는 것이었다.

"나 좀 봐. 별말을 다 늘어놓고 있네. 수제화 가게에서 조금 전에 폐업 안내 문자를 보내와서 아쉬워하던 참이었거든요. 오늘 날씨가 되게 좋네요. 낮에 운동화로 갈아 신고서 잠깐이라도 산책하고 싶었는데, 고만한 일도 못 즐기고 하루가 다 가게 생겼어요. 흥경씨는 퇴근하고 잘 쉬어요."

흥경은 수빈이 사교적인 사람이라고 느끼며 자기는 밤에 좀 걸어볼 생각이라고, 수제화 매장이 다른 곳으로 이전한 건 아닌지 궁금하다고 대꾸했다. 한편으로는 까다롭게 굴던 고객이 마음을 바꾼 것에 대한 작은 기쁨을 음미하고 있던 차라 모녀에 대한 상상이 스멀스멀 피어올랐다. 그의 상상 속에서 기골이 장대한 모녀가 막 호텔로 들어서고 있었다. 둘 다 어깨가 완강했다. 그간 몇 차례의 통화에서 느껴진 부인의 고집스러운 기세가 그런 식으로 이미지화된 듯했다.

사 주 후 흥경은 이른새벽에 매우 산뜻한 기분으로 깨어났다. 거울에 비춰본 제 안색이 맑아 보여서 기분이 좋았다. '그 부인이 딸과 함께 나를 찾을지도 몰라.' 그는 섣부른 예감에 영향받고 싶지 않았지만, 그 예감이 자기를 웃게 만든다는 점만큼은 잘 활용해서 다정한 기분으로 하루를 보내고 싶었다. 그러나 정오를 넘기며 그가 예상했던 일들이 대부분 적중하지 않았다는 게 분명해졌다. 그는 그 점에 뜻밖에 놀랐고 또 즐거웠다. 수빈이 그에게 전해준 말에 따르면 체크인한 두 사람은 모녀가 아니었다. 하늘색 원피스 차림에 헵번스타일의 챙 넓은 흰 모자를 쓴 칠십대 여성과 오십대 중후반쯤으로 보이는, 피부가 매끈하고 체구가 아담한 남성이었다. 부인은 남자를 '자기야'로, 남자는 부인을 '원희씨'라고 불렀다. 부인의 '자기야'는 반짝이는 갈색 구두를 신었고, 주변의 시선을 의식하여 주춤거리는 일 없이 '원희씨'를 보고 히죽히죽 웃으며 농담을 던졌다. 두 사람은 서로의 허리에 팔을 두르고 엘리베이터 앞에 서 있다가 가볍게 입을 맞추었다.

이런 이야기를 수빈에게 전해듣는 동안 홍경에게 첫번째로 찾아든 생각은 부인이 인사차 자기를 불러내는 일은 일어나지 않으리라는 것이었다. 아마도 절대, 절대로! 홍경은 투숙객을 염탐할 만큼 한가한 입장은 못 되었지만, 그들을 멀리서나마 지켜보고 싶다는 욕구와 호기심을 자제하지 않기로 했다. 계절이 바뀌기 전에 일을 그만두리라고 마음먹고 있었기에 과감해진 면도 있었다. 그는 퇴근 후 미용실에서 머리칼을 다듬은 뒤 라일락색 블라우스를 사서 마트 탈의실에서 바꿔 입고는 삼림욕장의 저녁 이벤트에 참가했다.

삼림욕장의 야외무대에서는 자유로운 재즈가 흘러나오고 있었다. 숲이 뿜어내는 쌉싸름한 향기 속에서 음악의 정취에 취한 사람들이 흔들흔들 춤을 추었다. 홍경은 혼자서 가볍게 리듬을 타며 사람들 사이를 걸어다녔다. 칵테일 한 잔을 들고 테이블 세 개를 돌고 난 뒤 원희씨와 그의 애인을 찾아낼 수 있었다. 그날 그 행사에서 나이 차이가 꽤 나는 남녀 커플은 그들뿐이었다.

"혼자 오셨어요?"

눈길이 몇 번 마주친 걸 의식한 원희씨의 자기야가 먼저 홍경에게 말을 걸었다.

"어머니랑 왔어요." 홍경은 목소리를 한 톤 끌어내려 대답하면서 술에 취한 것처럼 말꼬리를 흐렸다. 예전에 대학 MT에서 장기자랑으로 성대모사를 했던 추억이 살아나 웃음이 났다. 어리숙하고도 생기가 넘쳤던 날들이었다. 홍경은 진심으로 지금 이 순간을 즐겼다. "저기서 친구분들이랑 대화중이세요."

그는 중년여성들 댓 명이 앉아 있는 테이블을 손가락과 턱 끝으로 가리키며 말했고, 내친김에 뻔뻔하게 부인과도 대화를 시도했다.

"제 친구 어머니를 정말 많이 닮으셨어요. 제가 저기서 보고 홀린 듯이 걸어왔지 않겠어요."

"누구 닮았단 이야기 자주 듣습니다. 평범하게 생겼으니까요."

부인이 성가신 것인지 눈을 끔벅이고는 심드렁하게 대꾸했다.

"제 친구의 어머니는 예전에 패션쇼장에서 일하셨는데, 지금은 뉴질랜드에서 양을 키우면서 지내세요. 친구도 와일드한 자기 어머니를 따라가 거기서 살아요. 작년 겨울에 저한테 프로폴리스 캔디를 잔뜩 보내줬어요. 제가 목을 쓰는 일을 하거든요. 재미있는 친구예요. 어머니는 많이 엄격하시지만."

화장을 진하게 한 부인은 칵테일 몇 잔에 금세 눈꺼풀이 내려앉았다. 부인은 전화에서와는 달리 낯선 사람과는 말을 섞지 않으려 하며 거리를 두었다. 그러다 피로가 몰려온 것인지 테이블에 두 손을 포개 얹고서 거기 머리를 묻었다. 환한 조명이 떨어져 부인의 정수리 쪽 머리칼이 붉은빛으로 반짝였다. 남자가 자신이 들고 있던 카디건으로 부인의 등을 덮어주었다.

"우리한테 호기심을 보이는 사람이 댁이 처음은 아네요. 여기 오는 동안에만도 많이 부딪쳤어요. 그쪽은 나름대로 예의를 차린 거 같으니까 야단치지는 않을게요. 우린 만난 지 삼개월 됐습니다."

남자가 빙글거리며 말했다.

홍경도 미소를 지어 보이며 대꾸했다.

"제가 동안이라서 보기보다는 나이가 좀 있어요. 어쨌든 실례가 되었다면 죄송합니다. 예의에 대해서 달리 할말은 없어요."

"죄송할 것까지야. 난 나이든 여자들이 좋아요. 어머니 같은 사람들. 사춘기 때부터 한결같은 내 취향이에요. 그쪽은 내 딸 나이쯤 되겠군요. 만일 나한테 딸이 있었다면 말이에요."

진행자가 무대에 나와서 삼림욕장의 A 코스와 B 코스 사이에 날개 달린 사자 모양의 조형물이 있다면서 그 조형물의 정식 명칭이 무엇인지 아느냐고 청중에게 질문을 던졌다. 뜻밖에도 누군가 그걸 약간 야한 농담으로 받았다.

"목을 쓰는 일이면 무슨 일을 하나요?"

남자가 물었다.

"판촉이요. 전화로 물건을 팔아요. 옛날 방식으로요. 별별 것을 다 판답니다."

남자는 자기도 목을 쓰는 일을 하는데 '목구멍' 할 때의 목이 아니라 나무를 다룬다고 했다.

"나무를 다루신다고요?"

"네, 목수예요."

남자는 고가의 가구를 만들어 팔아왔는데 삼 년째 적자가 나고 있지만 그만둘 생각은 아니라 여전히 방법을 찾고 있다고 했다. 부인의 딸이 얼마 전까지 자기 밑에서 목공을 배웠으며, 소질은 별로 없는 것 같지만 자기를 잘 따르는 게 대견하고 기특하다고, 부인과의 여행은 그 딸의 아이디어에서 비롯

되었다고 했다.

"정말로요?"

"네?"

남자가 그게 무슨 질문이냐는 듯이 외마디로 되묻고는 눈을 깜박이며 흥경의 다음 말을 기다렸다. 주변이 소란스러워졌으므로 그는 흥경에게로 상체를 조금 기울였다. 흥경이 한밤 숲속의 조명등 아래서 흔들리는 사람들을 바라보며 속삭이듯 말했다.

"진실이란 개념이 저는 가끔 혼란스러워요. 그렇지 않나요?"

남자가 상체를 쳐들고는 사이를 두었다. 그러고는 "네?" 하고 다시 짧은 탄성처럼 내뱉은 뒤 미간을 살짝 찌푸리며 제 목덜미를 긁었다.

잔잔한 음악이 흘러나오기 시작했다. 디즈니 영화의 삽입곡이었다. 부인이 갑자기 자리에서 벌떡 일어나더니 두 팔을 높이 들어 마치 허공을 닦는 와이퍼처럼 움직였으므로 남자가 부인의 허리를 감싸며 다가섰다. 흥경은 두 사람이 나란히 물결을 타듯이 리듬에 몸을 실어 천천히 움직이는 걸 바라보면서 그들로부터 뒤돌아섰다. 별과 여름밤을 예찬하는 흰 문장이 무대 뒤 검푸른 스크린 위로 흘러갔고, 기차 경적 효과음이 크레셴도로 다가왔다가 데크레셴도로 멀어졌다. 숲의 정령들로 분장한 사람들이 촛불 모양의 엘이디 전구를 들고서 테이블을 돌았다. 홍경은 전구 하나를 받아들고 삼림욕장을 빠져 나와 택시를 타고 집으로 갔다.

밤이 되어 홍경은 너른 창문 밑, 패브릭 소파에 다시 자리잡고 앉았다. 아침에 읽다 말고 덮어둔 책이 그대로 놓여 있었다. 그는 원진이 끼친 영향력 속에서 하루를 시작했다는 사실을 이제 조금 더 적극적으로 받아들이려는 중이었다. 원진이 여전히 자신의 대답을 기다리고 있고, 서로에게 아직 시간이 남아 있다는 것을.

'난데없이 태풍이 몰려온다거나 장대비가 쏟아지지만 않는다면……'

그는 잠깐 상상의 나래를 폈다. 여름밤은 집주인 모녀와 마당의 파라솔을 공유하며 허물없이 맥주를 마시기에 괜찮은 계절일 것이다. 모두의 차림새와 발걸음이 가벼울 테고, 원진을 그리로 초대해도 아무도 위화감을 느끼지 않을지도 모른다. 잔과 잔을 부딪치며 '우리는 각별한 사람들이에요. 누구에게도 해롭지 않아요. 조용하고 깨끗하고 안전한 삶을 좇고……' 하는 식으로 나긋한 미소를 나눌 수 있을지도. 그는 그 자리에 아버지와 어머니를 초대해 앉히는 장면도 떠올려보았다.

홍경은 아버지와 크게 부딪쳐 싸웠던 날이 있었다. 아버지가 돌아가시기 얼마 전의 일이었다. 그 일이 못내 커다란 후회로 남았다. 오래전에 재혼했다고만 전해들은 어머니가 두 해 전 요양원에서 죽었다는 사실을 뒤늦게 알게 되었던 게 감정이 폭발해버린 이유였다. 어릴 때 헤어진 어머니가 수년 동안 희귀성 알츠하이머를 앓다가 가족에 대한 아무런 기억도 없이 유명을 달리했다는 데 그는 적잖이 충격을 받았다. 게다가 아버지가 그 사실을 알고도 완벽하게 함구했다는 데 분노와 허무를 느꼈다. 그는 그 병은 유전될 가능성이 있으니 자기도 알권리가 분명히 있었다고, 마치 의사나 판사처럼 준엄하게 단죄하듯 말한 뒤에 아이처럼 눈물을 흘렸다. 실은 복잡한 감정을 혼자 감내했을 아버지에게 고마운 감정이 컸는데도 그랬다.

아버지는 그건 헛소리라고 매우 냉정하게 받아쳤다. 현대 의학이 홍경보다 훨씬 빨리 성장할 것이며, 당신은 외동딸 앞으로 돈을 모아뒀다고, 그 점을, 그 은혜로움을 홍경이 참회하듯 회상하게 될 날이 있으리라고 날카롭게 일침을 놓았다. 홍경은 그 말에 눈물이 쏙 들어갔다. 오기가 발동됐다. 그는 친한 친구에게 자기 아내를 빼앗기고 오래도록 홀아비로 산 아버지를, 한때는 광채가 나도록 젊었을 그 늙은 남자를, 그 차가움을, 다정함을, 꼬여 있음을, 부드러움을 통째로 거부하듯 문을 쾅 박차며 밖으로 나갔다. 그리고 곧장 어머니가 묻힌 곳을 알아냈다. 어머니가 아버지 대신 택한 남자와의 사이에서 아들을 하나 뒀다는 사실도 더불어 알게 됐다. 그보다 네 살

어린 그 아들이 원진이었다. 치열이 골랐고, 속눈썹이 길었으며, 매우 다정한 사람이었다.

홍경은 아버지의 장례식에 검은 양복을 갖춰 입고 온 원진을 보고 울음을 터뜨리지 않으려고 애썼다. 원진이 그를 안고 다독여주었다.

"제가 올 줄 알았죠? 많이 놀란 거 아니죠?"

며칠 후 홍경이 기력을 차리고 인사차 원진에게 전화를 걸었을 때, 원진은 자기가 엄마를 닮아서 돌려 말할 줄 모른다고, 그 점을 잘 이해해달라고 하더니 정말 단도직입적으로 이렇게 말했다.

"만약에 누나 노릇에 고심하면서 전화한 거라면, 아우, 부탁인데 제발 그러지 말아요. 안 그래도 주변에 아는 누나들이 많거든요. 내가 보기보다 인기가 많아요. 그리고 누구한테 치대지도 않아요. 그러니까요, 그러니까 우리 친구처럼 지내면 어때요. 그렇게 하면 안 될 게 또 뭐야. 다른 사람한테는 하지 못하는 얘길 할 수도 있고요. 만약에 서로 영 싫어지면 그건 나중 문제니까 나중에 생각해도 되겠죠. 세상에서 최고로 사이좋게 서로 잘 지낸대도 우리 둘 중 하나가 모든 걸 깨끗이 다 까먹을 수도 있어요. 사람은 결심대로 사는 게 아녜요. 나는 모든 걸 하늘에 감사하고 있어요."

홍경은 무슨 대꾸를 해야 할지 몰라 아버지가 들려준 이야기를 해묵은 농담처럼 읊었다. 의학과 과학이 눈부시게 발전하여 통증도 망각도 없는 세상에서 살게 되지 않겠느냐고, 그런 생각은 정말 한 번도 해본 적이 없느냐고.

홍경은 밤이 깊어지기 전에 원진에게 전화를 걸었다.

"지금 통화 괜찮아요?"

홍경이 목을 가다듬고 물었다.

"그럼요. 아주 괜찮아요."

원진이 웃음을 머금은 소리로 대답했다.

"낮에 뭐 먹었어요?"

"먹은 거 말하라고요? 갑자기? 음…… 차가운 수육에 고량주 약간. 외부 미팅이 있었어요. 고량주가 참 싫어. 확실히 내 취향은 아니야. 싫어하는 상사랑 먹어서 더 그런 듯. 거기는 어떤지 궁금한데요. 어때? 이사한 집은?"

"여긴…… 대체로 괜찮은 편인 거 같아. 조용하고. 마당에 커다란 목련나무가 있어. 아침마다 창가에서 새가 예쁘게 울고 가."

"예쁘게 울고 가? 아니, 어떻게 예쁘게 울고 가는데?"

"히콕히콕, 꺅꺅꺅, 스즈스즈부, 도이치도이치."

"하! 나는 그거 가지고는 통 잘 모르겠는데."

"아침에 녹음해뒀는데, 파일로 보내줄까? 들어볼래?"

"아니, 아니. 일요일 아침에 직접 들으러 갈게. 누나가 괜찮다고만 하면 나는 오케이야. 괜찮아?"

"응. 괜찮아. 그렇게 해."

"아, 초대해줘서 고마워. 나한테 엄마 목소리 녹음해둔 거 있는데, 혹시 필요해? 들어보고 싶지 않아?"

"……어쩌면. 당장은 말고. 나중에. 아마도."

"언제든 말만 해줘. 있잖아, 누나 처음 봤을 때, 엄마랑 목소리가 똑 닮아서 나 정말 깜짝 놀랐어. 아오, 유전자는 무서워."

홍경이 원진의 말을 따라 중얼거렸다.

"아오, 유전자는 무서워."

"자연의 질서니까 고마워해야지."

"곧 만나서 더 이야기해."

홍경은 그만 씻고 쉬라는 인사를 끝으로 통화를 마쳤다. 존댓말에서 어물쩍 반말로 넘어가며 그들 사이에 놓인 투박한 돌덩이를 함께 치워낸 느낌이었다.

그는 잠자리에 들어 어두운 천장을 바라보며 눈을 깜박였다. 사람은 결심대로 사는 게 아니라던 원진의 말이 떠올랐다. 그 말의 의미를 아직 원진도 자신도 모르고 있다는 생각이 들었다. 다만 홍경은 오늘 어떤 전환점을 맞았다. 무엇에든 감사하는 마음으로 그걸 믿어야 했다.

* 소설에 인용된 희곡은 조엘 폼므라의 『이 아이』(임혜경 옮김, 지만지드라마, 2019)이다.

헬레나의 방식

손민우 아우구스티노 신부는 여섯 살 때 수십 초간의 전신 경련을 세 차례 겪었다. 그는 그게 자신이 호랑이로 둔갑하는 과정일 거라는 이상한 확신을 품었기에 한번은 증상이 발현되기를 기다리며 일부러 몸을 떨어본 적도 있었다. 그의 부모는 집안에 순환계통 질환의 유전력이 있다는 사실을 신경쓰며 근심이 깊어져 한동안 아이를 극진히 과보호했다. 그러다 대학병원의 유명한 전문의로부터 검사 결과 병증은 아니라는 소견을 들었고, 이후 감사하는 마음으로 성당에 다니기 시작했다.

어린 아우구스티노는 부모의 기쁨이 되고자 제 몸 상태뿐 아니라 매일 새로 보고 듣고 느낀 점들을 낱낱이 부모와 나누었다. 그는 평균 신장인 부모와는 달리 중고등학교 시기를 거

치며 키가 농구선수만큼 자라났다. 그리고 서른두 살에는 바라오던 대로 사제 서품을 받았다.

이제 서른다섯 살이 된 그는 서울 소재 한 성당의 보좌신부로서 사목했고, 신자들에게 인기가 높았다. 본당의 신자들 대부분이 그가 산책과 술을 즐기는 사제란 사실을 알고 있었다. 어느 날 그가 고깃집에서 교우들과 소주잔을 기울이며 제 부모가 오랫동안 전통시장에서 손두붓집을 하며 만나온 단골들과의 일화 한 토막을 흘렸을 때, 옆 테이블에 있던 한 초로의 부인이 그의 얼굴에서 빛을 보았다. 찬 겨울날 윤슬을 바라볼 때처럼 깨끗한 기쁨이 마음에 차올라 그걸 '빛'이라고 인식할 수 있었다. 아우구스티노 신부가 무슨 말을 했는지 기억에서 지워지고 난 뒤에도 대화 도중 해사해지던 그의 표정만큼은 부인의 뇌리에 남아 며칠이고 맴돌았다. 부인은 이끌리듯 성당을 찾아가 그저 멍하니 미사를 경험했다. 제단 앞에 선 그를 바라보며 다른 사람들이 성가를 부르는 소리, 기도문 외는 소리를 들었다. 신자들은 아우구스티노 신부가 친절하며 목소리도 온화하다고들 말했다. 부인에게는 다른 점이 더 크게 보였다. 부인이 보기에 그는 매우 예민한 귀를 가진 사람이었다. 미사 전후에 고해소 앞에서 고해성사 차례를 기다리는 사람들의 겸허한 태도, 고요히 흔들리는 표정을 바라보고 있으면 그 사실을 알 수 있었다. 예민하게 귀를 기울이는 신부의 감각이 무슨 강렬한 전기신호처럼 부인의 온몸으로 전달되는 듯했다.

부활절을 나흘 앞둔 봄날이었다. 아우구스티노 신부는 평일 저녁 미사 후 성당 앞뜰에서 신자들과 인사를 나누고서 사제관으로 돌아가려는 길에 갑자기 숨을 가쁘게 몰아쉬며 바닥에 쭈그려앉았다. 아직 집으로 돌아가지 않은 신자 셋이 그를 에워싸며 허둥거렸다. "신부님, 신부님, 신부님! 왜 그러세요?"

아우구스티노 신부는 양팔로 몸을 감싸안고 자리에서 일어나 처음 보는 풍경을 음미하는 사람처럼 천천히 주변을 둘러본 뒤에 옅은 한숨을 내쉬었고, "괜찮아요" 하고서 고개를 한 번 끄덕였다. 그는 다음날 저녁 미사에 모습을 드러내지 않았다.

부인은 신부의 안부가 궁금했다. 그를 다시 보게 되는 날에는 반드시 놓치지 않고 인사를 건네보리라 마음을 먹었다. 달이 바뀌어 5월이 되었을 때, 부인은 성당으로 갔다. 평일 정오 무렵이었는데, 아침에 보슬비가 내린 터라 날이 약간 흐렸다. 미사는 이미 한 시간여 전에 끝나 성당 앞뜰은 조용했다. 마침 아우구스티노 신부가 뜰 한쪽의 성모상 앞에서 혼자 조용히 기도를 올리고 있었다. 부인은 신부가 기도를 마치기를 기다렸다가 그에게로 다가갔다.

"신부님, 아우구스티노 신부님."

신부가 뒤를 돌아보았다.

"제가 신부님께 자동차 한 대를 사드리고 싶은데 받아주세요."

"무슨 말씀이시죠? 절 아세요?"

"받아주세요. 필요하실 거예요."

"누구시죠?"

"신부님이 모르는 사람이요."

횡하니 바람이 불어와 부인의 목에 감긴 하얀 실크 머플러 끝자락이 나풀거렸다. 부인이 가녀린 손가락으로 머플러의 매듭을 매만지다가 손을 아래로 미끄러뜨려 가슴께에서 멈추었다. 마치 고음으로 치닫기 전에 성악가가 그러는 것처럼 그 모습이 묘하게 품위 있어 보였다.

"혹시 이 동네에 새로 이사오셨어요?"

신부가 묻자 부인은 시선을 비끼며 "헬레나"라고 읊조렸고, 이내 다시 신부를 올려다보며 말을 이었다. "구자영 헬레나. 갓난아기였을 때 세례받았어요. 성당에 다닌 기억은 흐릿하게만 남아 있어요. 다른 동네에 살아요. 그럼 전 신부님께 차를 사드릴 수 없나요?"

신부는 웃었다. 경쾌하게 소리 내어 웃었다. 만약 그에게 날개가 있었다면 한껏 푸드덕거리며 웃었을 것이다. 그 순간 충동감. 그가 잊었으나 그의 세포는 기억하고 있을 기분좋은 충동감이 무의식의 영역에서 활랑거렸기 때문이다. 먼 곳으로 쌩쌩 달려나가고 싶다는 갈망은 그가 사춘기 때 불현듯 찾아오곤 했는데, 주로 이런 상상으로 번져갔다. 엄청난 속도로 달리는 대형 덤프트럭의 적재함 상단에 위태롭게 왼손으로 매달려 있다가 한순간에 날쌔게 오른손으로 맞바꾸어 잡고, 또다시 왼손으로 맞바꾸어 잡고, 또다시 오른손으로 맞바꾸어 잡고…… 그러다 트럭에서 손을 완전히 놓아버리는 장면을 그리며 집밖으로 튀어나가 친구들과 축구를 했고, 집에 돌아와서는 찬물로 씻고 저녁기도를 하고서 푸른 소용돌이무늬가 있는 차렵이불을 몸에 둘둘 말고 잠들었다.

"농담 아닌데요."

구자영 헬레나는 난감해하는 표정으로 고개를 떨구었지만, 제 말의 참뜻이나 진정성을 성마르게 주장하지는 않았다.

"성당에서 따뜻한 차 한잔 드시겠어요? '만남의 홀'이 있어요."

"실례지만, 그러지 않는 게 좋겠어요."

"비가 또 올 것 같죠? 우산은 가지고 오셨어요?"

헬레나는 신부의 상냥한 질문에 하늘을 한 번 올려다보며 "예보를 못 봤어요"라고 답했고, "신부님께 고해하고 싶다는 마음이 들었습니다" 하고 말을 이었다.

신부는 그때 헬레나의 목소리가 특이하다고 느꼈는데, '예보'에 섞인 약간의 콧소리 때문일 수도, 좀 망설이다가 내뱉느라 날숨이 섞여든 '마음'의 발음 때문일 수도 있었다. 헬레나는 자신의 다음 말을 기다리며 상체를 약간 기울이고 선 신부의 얼굴을 올려다보다가 그의 코끝에 펜으로 톡 찍은 듯한 검푸른 점이 하나 있는 걸 발견했다.

"하지만 신부님, 전 어리석어서 어떻게 말해야 할지 모른답니다. 연습이라도 해보면 용기가 나고 도움이 되지 않을까 싶어서 지난달에 가벼운 녹음기를 하나 샀어요. 조용한 시간에 여태 해본 적 없는 말들을 녹음하기 시작했습니다. 그러다 곧 깨달았지요. 저는 제 진정한 속마음이 담긴 이 목소리를 흉내 내지 못하리란 걸. 신부님이 계셨기에 가능했던 일이라 신부님께 그대로 전해드리고자 합니다. 저를 무례하다거나 올바르지 않다고 미리 판단하지 않으시기를 부디 바라요."

후두두 비가 다시 내리기 시작했다. 아우구스티노 신부는 성당 사무실에서 우산을 하나 챙겨와 헬레나 자매님께 씌워드려야겠다는 생각이 스쳤으나 그보다 헬레나가 한발 빨리 움직였다. 헬레나는 손에 쥐고 있던 것을 신부에게 내밀었다. 신부는 이마와 코끝에 떨어지는 차가운 빗방울을 느끼며 그걸 받았다. 작은 플라스틱 네임 태그처럼 생긴 검은색 녹음기였다. 헬레나는 "처분에 맡깁니다, 신부님" 하고 고개 숙여 인사한 뒤 서둘러 자리를 떴다. 신부는 그 뒷모습을 눈으로 좇았다. 한 젊은 여자가 뜰 안으로 들어서며 알록달록한 우산을 펼쳤고, 헬레나가 그 곁을 지나쳐 성당 밖으로 빠져나갔다.

아우구스티노 신부에게는 지난겨울부터 옷장에 넣어두고 한 번씩 눈길을 주게 되는 양말과 피케 셔츠가 있었다. 초등학생 남녀 복사 류준 그레고리오와 김희송 안젤라가 선물로 준 것이었다. 양말은 겨자색이었는데, 복사뼈가 닿는 자리에 주황색 실로 둥근 해가 수놓여 있었다. 하늘색 피케 셔츠의 가슴팍 한쪽에는 금빛 별 하나가 수놓여 있었다. 어린이들이 "세상에서 딱 하나밖에 없는 걸 신부님께 드리려고 자수를 배웠어요"라고 했을 때, 그는 심장이 마시멜로처럼 말랑말랑해지는 것 같았다. 초보자의 솜씨이니만큼 해와 별의 테두리는 매끄럽지 않았는데, 아이들은 그 점을 속상해하면서도 각자 기대하는 그림들을 머릿속으로 그려보는 건지 생글생글, 피식피식 자꾸 웃었다.

"좋은 날에 저희 생각하면서 입으세요!"

아우구스티노 신부는 모든 날이 좋은 날이라고 말해왔다. 고통과 갈등에 둘러싸일 때라도, 사랑하는 마음을 잃지 않겠다는 매일매일의 기원 속에서 우리는 평화를 얻는다고. 물론 그건 성직자인 그에게도 종종 어려운 일이었다. 그러니 어린이들이 사제의 말에 자기들의 온기를 실어나르는 이런 시간이 찾아오기도 하는 것이다. 신의 미소처럼.

사제관 침실로 들어온 그는 옷장 서랍을 열어 자수가 놓인 양말과 피케 셔츠 옆에 헬레나에게서 받은 녹음기를 내려놓았다. 주임신부인 안드레아 신부는 성품이 부드럽지만 완고한 면도 있어서 아우구스티노 신부에게 이런 일이 일어났다는 걸 알게 되면 경솔하게 처신했다며 그를 나무랄 게 분명했다. 글라라 수녀라면 적극적으로 나서서 헬레나를 성서 읽기 모임으로 이끌고자 할 것이다. 하지만 아우구스티노 신부가 보기에 헬레나에게는 헬레나의 방식이 있는 것 같았다. '게다가 이 모든 게 하느님의 의지일지 어떻게 알아? 헬레나 자매님이 내게 차를 사주겠다면서 녹음기를 쥐여주더니 우산도 없이 비를 맞으며 사라지는 이런 게.' 아우구스티노 신부는 그렇게 생각하며 거울 앞에서 빗물에 젖은 머리칼을 정돈했다. 시간이 흐른 뒤에 그는 이 순간을 돌아보며 '의지'라는 단어를 떠올렸던 자신을 흥미롭게 들여다보았는데, 비로소 그게 눈앞에 벌어진 불가해한 현상을 수용하는 자신의 태도를 표현한 단어라는 걸 깨달았다. 사전에서 그 단어를 무어라고 풀이하든지 간에 적어도 그에게는 그렇게 여겨졌고, 아마도 구자영 헬레나에게도 그러할 것이었다.

*

'너무해. 너무해. 미친 사람이 되지 않기란 얼마나 어려운

지.'

구자영은 빗줄기가 굵어질 즈음 택시를 불렀어야 했다고 후회했다. 기분이 멍해진 상태여서였겠지만 가랑비를 맞으며 거리를 걷는 게 좋을 거라고 생각했었다. 결국엔 머리부터 발끝까지 축축해진 채로 택시에 올랐고, 그때부터는 샤워, 미지근한 우유 한 잔, 침대 생각뿐이었다. 공교롭게도 이때 친구 한미정이 전화를 걸어와 주말 오후 네시, '테누토'의 창가 자리 사 인석을 예약하고 싶다고 말했다.

"테누토는 이제 없어. 팔았어."

구자영은 그렇게 대답하면서 얼른 집으로 가 따뜻한 욕조물에 몸을 담그고 싶은 마음이 더 간절해지는 것을 느꼈다.

그로부터 두 시간 반쯤이 흐른 뒤, 구자영은 제집 식탁에서 한미정과 사과계피차를 나누어 마시며 일종의 격려이자 대답을 부추기는 말, 이를테면 "네가 어련히 잘 결정했을까마는…… 그래도 여태 잘해온 일을……" 같은 이야기를 들었다. 불과 하루 전까지만 해도 거기서 미약하게나마 무슨 힘을 얻었을지도 모르지만, 지금은 자신의 본질과는 아무런 상관 없는 말처럼 들렸다.

구자영은 지난해 말에 팔 년간 운영해온 레스토랑 테누토를 처분했다. 가정집 건물을 사들여 개조한 곳으로, 첫 이 년과 마지막 이 년을 제외한 사 년간은 호황을 누렸다. 인터넷 검색창에 테누토를 치면 호평과 함께 올라온 가게 이미지들을 쉽게 찾아볼 수 있었다. 가게의 내벽 색깔은 구자영이 직접 골랐는데, 색 이름이 '라벤더 포그'였다.

"요식업은 더는 못하겠어. 물려버렸어. 음식냄새 맡는 것만으로도 속이 거북해지고 그래. 그만 멈추라는 신호겠지."

"너 어디 아픈 거니?"

"그런 건 아냐."

"그렇담 귀띔 하나 없던 게 좀 섭섭하다 얘. 우리 지난 3월에 혜란이 아들 결혼식에서 얼굴 봤고, 그때 너 별말 없었잖아."

"오늘이 있을 줄 알았나보지. 한동안 조용히 지내고 싶었거나."

한미정은 대체로 약간의 흥분 상태에서 무언가를 적극적으로 이해하려 드는 습성이 있었는데, 마침 자기가 그런 사람이라서 능구렁이 같은 구자영과의 우정이 이만큼이나 이어져올수 있었던 것이라며 뻐기듯 자평했다. 구자영은 별다른 토를 달지 않았다. 다만 모든 관계에는 고유하고 핵심적인 패턴이 있다고 생각하는 중이었다. 패턴은 중요한 문제였다.

구자영과 한미정은 오래전에 같은 중학교에 다녔다. 당시 구자영네 아버지는 식구들을 서울에 두고 홀로 귀향해 사과농장을 하고 있었다. 구자영은 외동, 한미정은 오 남매 중 셋째였다. 두 사람은 죽이 잘 맞아서 자주 어울려 다니며 서로 영향을 주고받았고, 자신에게 속하지 않은 것들을 상대에게서 발견하게 될 때마다 일기장에 적어두었다. 한미정은 고등학교에 진학하고 난 뒤에야 구자영의 어머니가 그 고등학교의 음악 교사라는 걸 알게 되었는데, 그때는 교과서의 여백에 '충격! 충격!'이라고 적었다. 하지만 반나절 후 구자영을 만났을 때는 "어쩌면 이래?"를 몇 번 반복한 끝에 속도 없이 먼저 웃음보를 터뜨렸다. 학업에 대한 압박감이 다른 감정들보다 중요해지면서 두 사람은 자연스레 소원해졌다. 재회의 날은 꽤 오랜 시간이 흐른 뒤에 찾아왔는데, 모교의 체육관이 무너졌기에 이루어졌다. 중학교 동창회장이 체육관 신축 기금을 마련하겠다는 취지로 연락책을 두고 여기저기 전화를 넣으며 공지사항뿐 아니라 동창들의 안부도 실어날랐기 때문이었다. 구자영은 그때 잡지사 기자로 일하고 있었다. 한미정은 오랜만에 얼굴을 마주하고 앉은 구자영이 더없이 의욕적이고 위트가 넘치는 모습이라 적잖이 자극받았다. 당시는 지난 시간, 지나간 마음이 모두 나달나달 해진 듯 느껴질 만큼 역동적으로 변화하는 시기였던지라 둘 사이에는 아마도 무너진 체육관처럼 재건해야 할 무엇들과 그 필요가 다 있었을 것이다. 하지만 손에 잡히고 눈에 보이는 성취가 중요하게 여겨졌던 때였던 만큼 두 사람은 서로가 각자의 자리에서 어떤 식으로 맹렬히 허

둥거리고 있는지 정도만을 주고받다가 다시 멀어졌고, 시간은
더 무정히 흘러갔다. 그래서 한미정이 두 아이의 엄마가 되었
다는 소식, 구자영이 아이가 있는 사업가와 결혼했다는 소식
은 제삼자의 입을 통해 서로에게 뒤늦게 전해졌다. 한미정은
'내 자식 키우는 것도 이렇게 힘든데 남의 애를 어떻게 키우려
고' 하며 속으로 안타까워했지만 이내 그 감정은 '내 코가 석
자!' 하는 식의 자조로 바뀌었다. 어느 날 매우 성숙하고 여유
로운 모습으로 눈앞에 나타난 구자영이 선망마저 불러일으켰
기 때문이다.

한미정은 이번에는 구자영이 무슨 계획을 세우고 있는 걸까
궁금했고, 아직 그들의 인생에 작게나마 모험의 시간이 더 남
아 있을지를 그로써 간접 확인해보고 싶었으며, 구자영의 새
로운 선택과 발견이 무엇이든 응원해주는 게 옛친구의 미덕이
라는 것도 잘 알았다. 한미정은 미소를 지으며 운을 뗐다.

"그럼 너는 이제……"

그때 구자영이 끼어들었다.

"내가 열 살 때 친척 어른들이 외가 사랑방에 모여서 우리
엄마가 포도막염으로 눈이 멀 거라고 수군거리는 걸 들었어."

한미정은 입을 도로 다물었다. 그에게 남아 있는 열 살 무렵
의 추억이라면 앞니 두 개가 빠진 채로 동물원의 철제 우리를
따라 돌며 "꺅! 꺅!" 소리를 질러대 오랑우탄과 공작새를 자

극했던 것이었다. 기분이 고조되어 나대는 그가 너무도 성가셨던 그의 오빠는 반대 방향으로 도망쳤다가 하마터면 길을 잃을 뻔했다.

"그때 하늘에서 이런 메시지가 울려 나오는 것만 같았어. '천장이 무너져내릴 거다. 벽이 갈라지고 수도관이 터질 거야. 도망칠 방법은 없어!' 밤마다 집중력을 끌어모아 생각했어. 사방이 컴컴한 데 혼자 남겨진 사람에 대해서. 얼마나 무서울까, 얼마나 답답할까, 하면서. 나는 아이였고, 엄마를 많이 사랑했으니까. 그런데 천만다행으로 엄마가 나았어. 병원에서도 그렇게 호전된 사례는 드물다 했어. 천장도 멀쩡하고, 벽도 수도관도 멀쩡하고! 난 너무 신나서 매일 방방 뛰어다녔지. 근데 한편으론 이런 생각도 드는 거야. '이렇게 기쁜 티를 계속 내다가는 언젠가 벌을 받을지도 몰라. 누가 행운 보따리랑 불운 보따리를 바꾸어서 잘못 배달한 거면 어떡해?' 그래서 난 밖에서 엄마 이야기를 이러쿵저러쿵 떠들지 않게 됐어. 그후로도 꽤 오랫동안."

한미정은 잠시 생각에 잠겨 "그게 그랬던 거구나……" 하며 고개를 갸웃했고, 그러다 웃음 지으며 할 만한 말을 찾아냈다. "너희 어머니 노래 참 잘하셨는데."

"응. 엄마가 진씨를 참 좋아했는데. 그 사고뭉치를."

구자영은 멀리 떨어져 사는 남편을 언제부터인가 '진씨'라고 불렀다. 그의 성씨가 '진'이었다. 둥근 얼굴형에 눈웃음을 잘 치고, 슈트와 스웨터, 따뜻한 색이 잘 어울리던 사람. 허풍선이 친구들이 위성처럼 그를 쫓아다녔다.

"그랬었나?"

"응. 진씨가 광대 기질이 좀 있잖아. 재주 많고, 사람 기분도 잘 맞추고."

한미정은 '사기꾼들한테도 그런 기질이 있는걸' 하고 생각했기에 구자영과 눈이 마주치자 저도 모르게 고개를 살짝 가로저었다.

"부령호텔 스카이라운지. 거기 레스토랑에서 홀 서빙할 때 진씨를 처음 봤어. 일주일간 거의 매일 자기 어머니랑 식사하러 왔거든. 바닷가 휴양지에 어머니랑 단둘이 와서 경양식 챙겨 먹는 남자는 거기서 그 사람 하나뿐이었을걸."

"얘, 근데 홀 서빙을 네가 왜? 위장 취재 같은 건가?"

"아니. 그게 그때 내가 새로 구한 잡이었어."

"……"

"진씨가 오면 서빙하는 내 손이 바들바들 떨리는 거야. 무슨 연정을 품고 있던 것도 아닌데. 하루는 진씨가 빙글거리면서, '나 좋아해요? 아니면 누구한테 쫓기는 중이에요?' 하더라고. 쫓긴다는 생각은 한 번도 안 해봤는데, 그 말 듣고 어찌나 뜨끔하던지."

"왜, 너 그때 무슨 문제가 있었니?"

"문제야 없는 때가 따로 없었지. 근데 그때는 내가 잘 숨어든 줄만 알았어. 잘못한 게 있어서 숨어 있고 싶었거든. 진씨가 날 알아본 게 내 새로운 문제가 됐지."

몇 년 전 진씨는 사업에 크게 실패한 뒤에 치통을 심하게 앓았고, 인상이 초라해졌다. 눈동자에 숨길 수 없는 슬픔이 배었다. 그래도 신이 나면 말재간을 부려 사람을 홀딱 반하게 하는 그 재주는 어디 가지도, 썩지도 않았다. 가는 데마다 늘 새 친구들이 생겼다. 지금은 호수가 내려다보이는 곳에 거처를 마련해 낚시용품을 판매하는 동성 친구와 지냈다.

"……요새 어떻게 지내고 있대?"

"진씨? 좋아. 그 사람 걱정은 안 해. 세주가 좀 걱정이지. 그래도 걔가 한국 들어올 때쯤이면 상황이 조금은 나아져 있지 않을까? 과거에 우리가 어쩌지 못한 문제들을 이제 와 만회하기란 힘들겠지만, 그래도 만나게 될 거야. 끝장나지 않았으니까. 세주는 진짜 한국 다시 들어오고 싶어해. 딱 이 년만 기다려달라고 하더라고. 난 행복하게 기다릴 수 있겠다고 말했어."

세주는 진씨의 딸 이름이었다. 그리고 세주는 구자영의 딸이기도 했다. 세주는 어릴 때 충격적으로 예쁘고 사랑스러워서 그 존재만으로도 구자영을 얼어붙게 했다. 그런 아이의 두 번째 엄마가 되는 일에는 특별한 조심성과 각성, 담력과 체력이 모두 필요할 것만 같았다.

"천사 같은 아이였는데, 악마 같은 데도 있었지. 좀더 많이
안아주고 싶었는데. 재활원에 들어갈 거래. 이번엔 결심을 단
단히 한 것 같아."

구자영이 세주와 한집에서 산 시간은 십 년 남짓이었다. 그
로선 최선을 다했으나, 세주는 열일곱 살이 되자 생모와 살겠
다며 영국으로 떠났고, 서른 살이 된 지금은 술독에 빠져 살고
있었다. 언젠가 세주는 구자영에게 전화를 걸어와 이웃 주민
이 가족 유품을 정리하며 연 벼룩시장에서 굉장히 마음에 드
는 그림 한 점을 좋은 가격에 샀다며 열렬히 설명해주었다. 그
때는 그게 대마에 취해 지껄이는 헛소리란 걸 전혀 알아채지
못했다. 그저 그리운 목소리에 실려온 변화무쌍한 감정들이
너무나 소중해서 황홀했고, 옛날에 어린 세주와 젊은 진씨, 그
리고 자신이 즐거이 헤엄쳐 나갔던 드넓은 바다와 부드러운
공기, 하늘빛, 새들의 움직임, 여름날의 냄새가 떠올라 눈물이
조금 났을 뿐이었다.

한미정이 컵 바닥에 가라앉은 사과 조각을 티스푼으로 건져
입으로 가져갔다. 그는 세주에 관해서 뭐라고 말을 보태야 할
지 몰라 곤란하기만 했다. 그에게도 딸이 둘 있었으나 그의 관
점에서 그들은 평범하게 착하고 무난하게 이기적이었다. 그리
고 세주를 향한 구자영의 마음에 관해서라면, 그건 상상으로

도 근접할 수 없는 미지의 영역이었다.

"얘, 괜찮아질 거야. 넌 언제나 나보다 훨씬 괜찮은 사람이었으니 앞으로도 계속 그럴 것 같긴 하다만……"

한미정은 거기까지 말하고서 분위기를 전환하고자 구자영을 살짝 흘겨보며 웃었다. 그는 구자영이 테누토를 정리할 생각이었다면 그곳에서 마지막 식사를 하도록 자기를 좀 배려해주었으면 좋았을 텐데 그러지 않았다는 게 솔직히 아직도 좀 짜증이 난다고 덧붙였다. 그러면서 속으로는 이런 생각을 했다. '내 오랜 친구, 이 능구렁이는 지금 탈피중인 모양이야. 낯설고, 놀랍고, 신기하고, 또 약간은 징그러워.'

한편, 구자영은 오래전에 엄마에 관한 이러쿵저러쿵을 함구해버린 것처럼 이 순간에도 무언가를 함구하고 있었고, 그게 무엇인지도 분명히 의식했다.

'처분에 맡깁니다, 신부님.'

*

아우구스티노 신부는 산책길에 본당 주일학교 교사인 청년부원 노주원 베드로와 신담희 베로니카를 만났다. 두 사람은 마침 분남이네 집에 다녀오는 길이었다. 분남이는 첫영성체

교리반에 다니는 초등학교 3학년 학생으로, 연로한 외할머니와 함께 잡스러운 물건들이 꽉꽉 들어차 있는 허름한 집에 살았다. 신부는 분남이가 '멍때리기'와 암기를 잘하며, 팥이 든 빵을 싫어한다는 걸 기억했다. 또 언젠가는 성호경을 읊으며 성호를 긋다가, '아멘' 하는 대목에서 저도 모르게 '짝' 박수 소리를 내고는 쑥스러워하며 손으로 제 아랫입술을 꼬집듯 비틀었던 것도 기억했다.

"신부님, 언제 축구 시합하셔야죠."

베드로의 말에 아우구스티노 신부는 청년부원들과 어울려 종종 축구를 했던 게 작년 이맘때 일이었다는 걸 떠올리며 미소로 화답했고, 교사들과 헤어져 다시 발걸음을 옮기며 분남이와 분남이의 외할머니 김순례 테레사를 위해 기도했다. 그는 신동일 야고보가 운영하는 안경원의 출입문에 '개인 사정으로 금일 쉽니다'라는 쪽지가 붙은 것을 보았고, 한 꼬마가 어린이 놀이터의 미끄럼틀 꼭대기에 올라 운동화 바닥의 흙먼지를 털어내려 탕탕탕, 발을 구르는 것을 보았다. 과일 트럭이 "달고 싱싱한 참외가 왔어요" 하는 소리를 흘려보내며 동네를 천천히 훑듯 이동하는 모습을 보았고, 진숙희 스텔라가 사는 빌라를 지나칠 때는 그 집안 창가에 장미허브가 담긴 작은 화분과 새까만 발바리 땡이가 있으리란 것도 잠깐 떠올렸다. 그가 계속 기도문을 중얼거리며 걸어나갔기 때문에, 그가 지나쳐간 모든 자리, 매 순간들이 신부의 목소리를 들었다.

산책을 마치고 돌아온 신부는 성물 판매소 앞에서 그를 기다리고 있던 교우들을 만나 그들의 묵주와 성상에 축복했다. 사제관으로 들어와 이틀 뒤 성 마티아 사도 축일에 강론할 내용을 정리하고 묵상했으며, 안식년을 맞은 홍숭길 스테파노 신부가 요사이 구약성서를 필사하고 있다는 소식을 안드레아 신부로부터 들었다.

이날 저녁 미사는 안드레아 신부가 집전했다. 아우구스티노 신부는 침실 책상에 앉아 헬레나의 녹음기에 담긴 목소리를 들었다.

신부에게 전해진 헬레나의 이야기는 다음과 같았다.

"신부님, 며칠 전에 이런 꿈을 꾸었습니다."

(사이)

"배경은 모래바람이 부는 사막이었어요. 제 앞으로 칠팔십 명쯤 되는 사람들이 주유소를 향해 길게 늘어서 있었습니다. 목이 말라서요. 휘발유 사십 리터 값을 치르면 생수가 담긴 작은 페트병 하나가 제공됐거든요. 다른 선택지가 없어서 모두 거기까지 차 없이 걸어왔다고들 했어요. 제 차례가 가까워질 때쯤 고맙게도 바람이 잦아들었습니다. 전 고장이 난 주유기 앞으로 가 생수 한 병을 받아들었어요. 주유기에는 '경고'라고 적힌 빨간 스티커가 붙어 있었는데, 뭘 경고하는지에 대한 내용은 없었어요. 저는 앞서 생수를 사간 사람들이 사막 여기저기에 주저앉아 물을 마시는 모습을 훑고는 주유소 사무실 쪽으로 몸을 틀었습니다. 사무실은 아담한 초록색 컨테이너였는데, 그곳 창가 테이블에 뜻밖에도 신부님이 앉아 계셨어요. 사제복 차림으로요. 놀랍게도 그곳은 간이 고해소이기도 했습니다. 아무도 설명해준 사람은 없었지만, 저는 그냥 그 사실을 알 수 있었어요. 신부님 맞은편에는 어린이 두 명이 나란히 앉아 있더라고요. 전 한 발짝도 더 움직이지 못하는 채로 멍하니 그 모습을 바라만 보다가 잠에서 깨어났습니다. 세상에! 꿈속에서보다 훨씬 더 목이 타더라고요. 그날은 오전 내내 좀 불길했는데, 사막, 신부님, 사람들, 두 아이가 이후 어떻게 되었는지 알지 못하는데다 제가 고해소에 이르지도 못한 채 그냥 눈을 떠버렸다는 사실 때문이었어요."

(사이)

"지금은 조용한 저녁 시간입니다. 저는 집 소파에 앉아

녹음하고 있습니다. 누구에게도 말해본 적 없는 일을 신부
님께 털어놓고 싶어요."

(사이)

"오래전, 첫 직장에 다닐 때였습니다. 어느 날 한 사람이
절 찾아왔어요. 그는 자기를 제 중학교 동창이라 소개했습
니다. 당시 모교 졸업생들 사이에 무슨 기금 마련 건으로 새
연락처들이 공유되면서, 그런 알음알음으로 그도 제 소식을
접하게 된 것이었죠. 장온조. 그 사람 이름입니다. 전 그때
잡지사에, 온조는 의류회사에 다니고 있었어요.

　온조는 저에 대해 좋은 추억 하나를 갖고 있었는데, 제가
전학생이었던 온조에게 학교 뒷산에 예쁜 오솔길이 있다는
걸 알려주었대요. 그 이야기를 듣고 보니 아카시아 향기가
나던 그 오솔길이 기억이 났어요. 제가 그곳을 좋아했던 것
도요. 하지만 그애와 그애를 그곳으로 이끈 일은 모두 기억
에 없었어요. '그게 네가 날 찾아온 이유야?' 제가 물었더
니, 자기가 거기 혼자 가서 가끔 울었대요. 전 그냥 우스갯
소리라고, 날 만나러 온 핑계를 대고 있다고 생각했어요. 그
래도 싫지는 않았던 게, 온조는 외모가 수려하고 참 조용한
사람이었거든요."

(사이)

"오 개월 동안 아홉 번을 만났어요. 호감은 있었지만, 연애 감정은 아니었어요. 그렇게 7월 더운 여름날 처음 만났는데 11월이 되자 연락이 끊겼어요. 돌아보니 둘이서 탁구도 치고, 밥도 먹고, 같이 영화를 본 적도 한 번 있고, 남산자락을 걸었던 적도 있어요. 한번은 제가 온조한테 인간이 너무 지겹다고 이야기한 적이 있어요. 살면서 그럴 때가 있잖아요. 환멸을 어쩌지 못하는 순간들이. 온조가 듣고는 조용히 웃었어요. 왜 하필 온조한테 그런 말을 했을까? 모르겠어요. 제가 교만했기 때문이었을 수도 있겠죠. 나중에야 그걸 오래 생각하게 됐어요."

(사이)

"온조는 새벽에 혼자 산을 타다 실족사했습니다. 저는 화장장으로 향하는 버스에 앉아 잠깐 기절하듯 잠들었다가 깨어났고, 화장터에서는 시신이 화구로 들어가는 것까지만 보고서 벤치에 앉아 있다가 따로 택시를 잡아타고 집으로 돌아왔어요.

조문객 숫자보다 떠도는 말이 많았던 장례식이었습니다. 누군가는 온조가 회삿돈 횡령에 가담했다고 했고, 또 누군가는 임금이 체불되고 빚에 치이고 있었다고 했어요. 또 누군가는 온조가 산을 무척 좋아했다고, 또 누군가는 좋아하는 게 별로 없는 사람이었다고 했어요. 유약한 게 그의 취약점이라고도, 유연하고 깔끔하며 세련미가 있는 게 그의 매력이라고도 했어요. 그런 소리들을 사방에서 듣고 보니 먹먹하고 두려워졌습니다. 저는 인간이 지겹다며 통달한 체하고 말했었지만 그런 말을 들어주었던 옛친구에 대해서조차 아는 것이 별로 없다는 걸 깨달았어요. 온조와 처음 만났을 때 그가 땀을 많이 흘렸던 것, 그래서 제가 손수건을 건네주었던 장면만 자꾸 떠올랐습니다.

생각해보면, 전 온조가 지닌 어둠에 끌렸던가봐요. 그는 제게 각인된 강렬한 감각을 건드렸어요. 어렸을 때 밤마다 깊이 생각해본 적이 있었거든요. 사방이 컴컴한 데 혼자 남겨진 사람에 대해서요. 죽음에 대해서요. 신부님, 전 그때의 감각을 못 잊어요. 그런데도 결국엔 알아챈 게 없죠. 아홉 번이나 기회가 있었는데, 다 놓쳤죠.

그 일은 제게 영향을 끼쳤고, 앞으로도 그럴 거예요. 이해하지 못한 사람을 간직하기로 한 그 순간부터요. 제 오랜 비밀, 장온조가 평온히 영면에 들기를 기도합니다."

밤이 되어 아우구스티노 신부는 잠옷 차림으로 침실 끄트머리에 정물처럼 앉았다. 일과를 마치고 어둠 속에 혼자 남으면 그에게 제일 먼저 찾아드는 감정은 피로와 외로움이었다. 그는 그걸 담담히 수용했고, 또 그 감정이 힘을 잃고 물러가는 모습도 지켜보았다. 오늘은 실은 기쁘고 아름다운 날이었다. 어제나 그제, 혹은 일 년 전이나 십 년, 이십 년 전처럼. 그는 협탁 옆에 세워둔 통기타를 바라보았다. 사 개월 전 신학교 동기인 임찬식 가브리엘 신부에게 받은 선물이었다. 그는 그걸 가지고 와 침대에 다시 걸터앉았다. 통기타는 가브리엘 신부의 소유였을 때는 클래식과 올드팝 연주에 적합한 전문가용으로 보였지만 초보자인 그에게로 넘어온 뒤부터는 단조롭고 이상한 즉흥곡들만을 쏟아내고 있었다. 그는 약한 소리로 연주하며 노래하기 시작했다.

글라라 수녀는 기뻐한다네
새로운 오르간 연주자가 나타났다네
아우구스티노 신부는 덩달아 기뻐한다네
오늘은 비가 내렸고
또 비가 개었지

*

　전례 준비실에서 복사 옷으로 갈아입고 나온 두 어린이, 류준 그레고리오와 김희송 안젤라가 제단 앞에 무릎을 꿇고 기도를 올린 후 제단 초에 불을 밝혔다. 성당 이층에서는 오늘 새로 온 오르간 연주자가 미사에 앞서 벌써 이십 분째 묵상곡을 연습하는 중이었다. 헬레나는 은은하게 울리는 오르간 소리를 들으며 천천히 앞으로 나아가 열 중간쯤에 자리잡고 앉았다.

　그레고리오가 오르간 연주자의 모습을 보려고 몸을 틀어 뒤쪽으로 고개를 빼 들었다가 성가대석 양쪽 상부 창의 스테인드글라스 중 오른편으로 시선을 옮겼다. 그곳에 그가 좋아하는 이미지가 빛을 입고 있었다. 푸른 하늘에 빨간 불꽃과 흰 새가 떠올라 있는 작품으로, 그레고리오가 느끼기에는 그 불꽃과 흰 새를 감싸는 보이지 않는 손이 있을 것만 같았다. 두 손이 불꽃과 흰 새를 커다란 괄호 모양으로 감싸 하늘로 들어올리는 것이라 상상했다.

　헬레나가 합장한 손끝을 입술에 댄 채로 눈을 감고서, "네, 여기 있습니다" 하고 말했다. 그 말은 입 밖으로 나오자마자 미묘한 힘을 응축하며 마치 새로운 언어인 것처럼 헬레나의 귀에 와닿았다. 그레고리오와 안젤라가 미사를 준비중인 아우구스티노 신부에게 인사하기 위해 제의실 쪽으로 걸어갔다.

곽수산나와 경우의 수

은수와 그 집을 방문했던 날을 기억한다.

하오테크의 라이브 커머스 방송이 실시간 조회수 십일 만 건을 기록한 날이었다. 방송 시작 이 분 만에 한정 판매분 공기청정기 이백 대가 매진됐는데, 은수가 그중 한 대를 샀다. 은수와 나는 카페에서 커피를 마시고 있었고, 내가 잠시 화장실에 손을 씻으러 간 사이에 은수가 일을 벌인 것이었다.

"충동구매 좀 멈춰."

내가 고개를 절레절레 흔들자 은수는 "충동 아니야" 하고 정색했다.

"수산나야, 이건 필터링과 항균 탈취 기능이 향상된 버전이야. 지금 작업실에 있는 거랑은 달라. 절전 모드가 있고, 소음도 적어."

"작업실에 놓게? 너 요새 거기 잘 가지도 않잖아. 거봐, 그냥 지른 거네."

나는 은수가 그즈음 어떤 명상센터에서 운영하는 고가의 명상 프로그램에 등록했다가 센터의 여러 직원과 이야기를 나눠가며 어렵사리 취소했다는 걸 알고 있었다. 그러니 이번에는 쓴소리를 한번 해야겠다 싶었다.

"은수야, 불안할 때는 쫓기듯 뭘 결정하지 마. 널 부추기는 목소리들에 일일이 반응하지 마. 헛수고를 예약하지 마."

은수는 찬물 세례라도 받은 사람처럼 눈을 감고 내게서 고개를 돌리더니, 이내 미소를 되찾았다.

"수산나야, 그래서 말인데……"

나는 은수를 좋아했지만, 이 우정에도 일종의 사각지대는 있었다. 은수의 장점들이 영향력을 잃고 희미해지는 구간. 은수는 일이 뜻대로 굴러가지 않는 듯싶으면 때로 사고의 회로가 엉켜 즉흥적으로 행동했다. 덜컥 뭘 구매하거나 내다버리는가 하면, 불필요한 정보들을 수집해가며 어디로든 튀어나갈 태세가 되었다. 만일 다른 사람이 내 앞에서 그런 모습을 보였다면 나는 깔끔하게 돌아서서 재빨리 멀어졌을 것이다. 하지만 은수에게는 냉정해지기 어려운 면이 있었다. 그는 평소 섬세하고 배려심이 많은 편이었고, 말투나 동작도 아주 부드러

왔다. 기본 성정이 다정하고 반듯한데다 드물게 예쁘장한 외모를 지닌 남자였다. 그래서 나는 우리 사이의 사각지대, 그마의 구간에 들어서도 그럭저럭 잘 어우러져 지내는 법을 터득해가기로 마음먹었다. 사람들은 자기에게 없는 면을 지닌 이성에게 끌린다고들 하는데, 나는 내 이런 욕구를 연애 감정과 헷갈리지는 않았다.

"아버지 친구분 중에 좀 특이한 분이 계셔."

은수가 한 손으로 이마를 비비적대고는 덧붙였다. "날 보고 싶으시대."

"갑자기?"

"집으로 오라셔서 가겠다고 했어. 이따 오후에."

이어 그는 속내를 털어놓았다.

"같이 가서 내가 바보짓하거든 좀 말려줄래? 난 요새 우리 아버지랑도 그렇게 잘 지내지는 못해. 괜히 가겠다고 나섰나보네. 너한테 한소리 듣고 나니까 더 다운돼."

나는 처음에는 거절했다.

"이게 다 무슨 소리야. 난 오늘 그냥 푹 쉴 거야. 내일 오후에……"

월요일인 내일은 내가 퇴사하는 날이었다. 급히 처리해야 할 일은 전혀 없었다. 후임자가 적시에 구해지지는 않을 거라 예상했기에 인수인계 문서를 진즉에 꼼꼼하게 작성해두었다.

내일 출근해 컴퓨터에 저장해둔 각종 파일을 삭제하고 온라인 계정을 로그아웃한 뒤 개인 물품을 정리하고 나면 그곳에 내 흔적은 남지 않을 것이다. 돌아보면 첫 직장인 그곳은 업무 부담이 크지 않았고, 야근도 거의 없었다. 규모가 작은 만큼 상대적으로 분위기도 인간적으로 흘렀다. 하지만 연봉이 낮고 성과급이 없었다. 나는 반년 전부터 이직을 준비해 다행히 큰 공백 없이 환승 이직하게 됐다. 퇴사 후 한 달간 휴식을 취한 뒤에는 생활 잡화 유통회사로 자리를 옮겨 새 출발을 할 예정이었다.

"내일 오후에 뭐?"

은수가 커다란 눈을 깜박이며 대답을 재촉했다. 나는 꾸밈 없이 응했다.

"내일 오후에도 푹 쉴 거야."

"아, 그래, 알아. 내가 너라도 한동안은 어떤 거에도 영향받지 않고 온전히 쉬고 싶을 거야. 그럼 도영이한테 말해볼까봐. 도영이보다는 너였으면 좋겠지만, 그건 그냥 내 욕심이지. 도영이는 아까 세차중이던데, 다시 전화해봐야겠다."

도영은 나와도 한번 인사를 나눈 적 있는 은수의 옛친구인데, 기억이 가물가물한 와중에도 그에 관한 두 가지 이미지만큼은 분명히 떠올랐다. 큰 소리로 남 뒷담화를 하면서 혼자만 신이 나 낄낄 웃었던 것, 그 와중에 지갑을 잃어버려 막판에 더욱 호들갑을 떨었던 것.

"잠깐만. 내가 갈게. 약속이 몇신데? 거기가 어딘데? 여기서 멀어?"

은수와 나는 남은 커피를 다 마시고 일단 흩어졌다. 은수는 아버지의 친구분을 만나기에 앞서 머리칼을 다듬고 뿌리 염색을 하러 근처의 미용실로, 나는 헬스장으로. 운동 삼십 분 전에 카페인을 섭취하면 지방 연소율이 증가한다는 기사를 본 후로 나는 근 삼 년간 꾸준히 그렇게 운동해왔고, 그날도 예외는 아니었다.

오후 두시경에 은수와 다시 만나 은수의 차를 타고 가이동으로 갔다. 은수는 평소에 자기 집안 이야기를 거의 하지 않았으므로 나는 그의 아버지에 대해서 아는 바가 별로 없었다. 그러니 아버지의 친구분에 대해서도 당연히 아는 바가 없었고, 영 모르는 것에 대해서는 궁금증을 품기도 어려웠기에 은수가 먼저 운을 떼주기를 기다리기로 했다. 하지만 그는 아무 말 없이 십여 분 남짓 운전에만 집중했다. 그러다 한 마트 주차장에 차를 세우고서 한마디를 내뱉었다.

"디카페인 커피랑 팥죽을 사오면 좋겠다고 하시네."

우리는 근처 음식점 정보를 검색해 팥죽과 디카페인 커피를 파는 곳을 찾았고, 그걸 사서 다시 차에 올랐다. 어린이 놀이

터와 가정식 백반집, 금속공예 공방을 지나쳐 주택가 골목길로 접어들었다.

은수는 붉은 벽돌로 쌓아올린 긴 담장이 있는 주택 앞에 차를 멈춰 세웠다. 어두운 회색의 철제 대문 아래 커다랗고 새까만 거미 인형이 버려져 있었다. 나는 차에서 내려 문 앞에 다가서며 그 인형을 발로 쓱 차서 저만치로 밀어냈다.

벨을 누르자 잠시 후 앞치마를 두른 중년여성이 나와 문을 열어주었다. 마당 한쪽에 향나무가 몇 그루 심겨 있었고, 그 아래 조그만 원형 테이블 두 개가 나란히 놓여 있었다.

"안에 정리할 게 있어서요. 우선 잠깐만 저기서 기다리세요."

부인이 테이블을 가리키며 말했다. 은수가 부인에게 죽과 커피를 건네며 뭔가를 설명하는 동안, 나는 테이블로 먼저 가 자리를 잡고 앉았다. 완연한 봄날이구나 하는 생각과 동시에 곧 여동생과 언니의 생일이 돌아오리란 사실이 떠올랐다. 둘의 생일은 각각 5월 14일과 17일로 사흘 간격이었다. 나는 일정이나 아이디어를 종이에 손수 쓰는 것을 선호해서 항상 다이어리를 가지고 다녔기에 그 짬에 다이어리에다가 생일 선물로 무엇이 좋을지 떠오르는 대로 몇 가지 적어뒀다. 다이어트를 계획중인 여동생의 선물로는 테니스 라켓과 운동화를, 육아로 지친 언니의 선물로는 스파 상품권을 첫번째로 적었다.

잠시 후 은수가 내 앞에 앉았다.

"오늘 다른 일정이 있었던 건 아니니?"

"있대도 어쩌겠어. 지금 여기 와 있는데."

"그렇게 말하면 내가 미안해지잖아."

"대청소는 다음주로 미루면 되고 화장실 청소는 이따 저녁에 하려고."

나는 머릿속으로 화장실 수납장의 위쪽과 아래쪽에 놓인 물건들의 배치를 바꾸어보다가 유리 세척제의 분무기 헤드가 고장난 게 기억났다. 그걸 대체할 다른 분무기가 집에 있는지 없는지 확실치 않았다.

은수가 테이블 위에 한 손을 올려두고 마치 그 테이블이 나인 양 도닥도닥 두드리더니 말했다.

"우리 부모님이 젊었을 적에 두 분 다 일본에 유학하고 싶어하셨다는데, 내가 생기는 바람에 꿈을 접으셨거든. 그냥 주저앉게 되었다고들 표현하셔. 내가 자라면서 병치레도 잦아서 노심초사하느라 아무래도 대차게는 못 사셨지. 지난 이 년간은 내가 하는 일이 변변치 않으니까 또 기운이 빠져서 조용히 지내시고. 너는 이런 이야기를 여기서 처음 듣는 거지만, 조금 있다 만나뵐 분은 젊었을 적에 우리 아버지한테 주야장천 들으셨을 테니까 아마 훤하실 거야. 그분 머릿속에는 오래전부터 일관되게 내가 부실한 모습으로 자리잡고 있을걸. 어렸을 적 내 별명이 '비실이'였어. 그러니까 비실이로. 후. 나 지금은 그 정도까지는 아니지 않아?"

실바람이 불어왔다. 나는 머리칼 사이로 스며드는 부드러운 공기를 느끼며 은수가 하는 이야기의 골자를 내 나름대로 파악해보았다. 은수와 그의 부모님 간에 특별한 애착 관계가 형성돼 있다는 것, 은수가 지금 자신감이 떨어져서 마음이 물러진 상태라는 것, 어쩌면 선입견 때문에 은수를 과소평가하고 있을지도 모를 어떤 분과 곧 대면하게 되리란 것. 동시에 뜻밖에 다른 인식에 고취되었는데, 자신의 약한 부분을 드러내는 은수의 모습이 신기하게 청초해 보인다는 것이었다. 불쑥 나는 사진을 전공한 은수가 자기 모습을 즐겨 찍어본 적이 있는지 궁금해졌다. 하지만 그때 마침 안으로 들어오라는 안내를 받았기에 일단 그 질문은 마음의 서랍 속에 넣어두었다.

은수와 나는 원목 장식장과 책꽂이, 탁자, 빈티지 샹들리에가 있는 고풍스러운 풍경의 실내로 들어서서 짙은 자줏빛 가죽소파에 나란히 앉았다. 우리 뒤쪽의 벽면에는 유화 두 작품이 함께 걸려 있었는데, 하나는 배경이 실내 수영장이었다. 텅 빈 수영장 한구석에 놓인 스테인리스 전망대 위에 노란 수영복 차림의 젊은 여자가 앉아 있었다. 또다른 그림 속에는 빛이 닿아 반짝이는 수면의 이미지가 가득 담겨 있었다.

"여기 이런 게 있네."

은수가 제 옆에 놓인 팔각 원목 협탁을 쳐다보며 중얼거렸다. 그 상단의 선반에 놓인 자그마한 팔각 탁상시계가 내 눈에 들어왔다.

"그분이 각진 걸 좋아하시나보네."

은수는 내 말을 흘려들은 것인지 협탁의 아래쪽 선반에서 종이 한 장을 집어올리며 "합곡혈?" 하고 혼잣말했다.

은수가 집어든 건 한의원 홍보물이었다. 앞면에는 한의원 내외부 사진이, 뒷면에는 손바닥과 손등 그림이 담겨 있었다. 손 그림 곳곳에는 검은 점으로 혈자리가 표시돼 있었고, 그 명칭과 지압 효과 등등이 짤막하게 설명되어 있었다. 합곡혈은 엄지와 검지 사이에 오목하게 들어간 부분이었다.

"여길 지압하면 두통과 소화불량이 개선된다는데?"

은수가 너는 알고 있었냐는 듯 날 쳐다보자 피식 웃음이 새나왔다. 어처구니가 없기도 했지만, 우리가 처음 만났던 날 서로의 표정만큼이나 손의 모양새와 움직임을 열심히 들여다봤던 게 떠올라서였다.

나는 취미로 기타 연주를 배워보려던 참에 친구를 통해 은수를 소개받았다. 은수는 출장 사진과 기타 레슨을 병행해 수입원으로 삼으면서 그럭저럭 잘 지내는 사람처럼 보였다. 그는 까다로운 내 친구가 보증하는 친절한 선생이었고, 내 집에서 가까운 곳에 작업실을 가지고 있었다. 나는 오가는 시간을 낭비하지 않으면서 합리적인 금액으로 일대일 레슨을 받게 되어 잘되었다 싶었다. 또 두 살 어린 그와 점점 친구로 지내게 된 것도 즐거웠다. 은수는 저보다 일곱 살 많은 사람과도, 다섯 살 어린 사람과도 막역하게 잘 지냈다. 인간관계에 매사 선을 지키고 각을 재며 지내던 나였지만 은수와 함께 기타를 끌어 안고 있는 동안만큼은 자유로운 영혼이 된 듯한 느낌이 들었다. 이직을 준비하느라 기타는 딱 사 개월만 배우고 말았지만.

은수 아버지의 친구분이 처음에 어디서 등장했던가는 자세하게 떠오르지 않는데, 아마 뒤이어 뜻밖의 일들이 펼쳐졌기 때문일 것이다. 합곡혈이란 단어를 새로 접한 은수와 내가 각자 엄지와 검지 사이를 눌러보고 있던 와중에 혈색이 붉고 키가 큰 중년 남자가 은수의 이름을 부르며 성큼 다가왔다.

"너, 이놈의 새끼!"

그가 은수를 와락 끌어안았다. 나는 그들이 포옹을 풀 때까지 잠자코 기다렸다가 일어나 인사했다.

"은수 친구예요. 곽수산나라고 합니다."

"난 김찬종. 그냥 김선생이라고 불러."

아무리 애정어린 뜻으로 하는 말이라도 나이 지긋한 사람이 욕을 입에 담는 건 질색이었는데, 느닷없이 반말까지 들으니 기분이 언짢아졌다. 나는 은수를 슬쩍 흘겨보았다. 은수는 미소를 띠기는 했어도 침이 마르는지 입술을 혀로 핥으며 시선

140

을 비껴두었다.

"둘이 사귀는가?"

"아뇨, 여자친구 아니고 그냥 친구예요. 이 동네에 볼일이 있어서 들렀다가 우연히……"

나는 그쯤에서 입을 다물었다. 자리가 길어지면 눈치껏 은수를 데리고 빠져나가야 할 텐데 언제쯤이 적당할까 생각하며 문 쪽을 흘깃 보다가, 김선생이 "앉아, 앉아" 하고 소파에 털썩 앉는 바람에 일단 자리에 도로 앉았다. 그가 무례하게 굴면 나도 예의를 지키지 않을 심산이었다.

우리에게 문을 열어준 부인이 과일과 절편, 작두콩차를 준비해 내왔다. 김선생은 그분을 누님이라고 불렀는데, 실제로 먼 친척 누님이라고 했다. 집안일을 도와주고 계시는데, 그렇게 지낸 지는 얼마 안 되었다고도. 나는 차가운 작두콩차와 잘 익은 망고를 먹으며 일이 어떻게 돌아가는지 조금 더 지켜보았다. 부인은 입이 무거운 사람처럼 보였으나, 김선생이 화장실에 가느라 자리를 잠시 비운 틈에 갑자기 속삭이듯 속사포로 이런 말을 늘어놓았다.

"동생이 성격이 원래 좀 괄괄해요. 그래도 뒤끝은 없어요. 살면서 보니깐, 사람이 앞에서 깨끗한 거 못지않게 뒤가 깨끗한 게 중요해요. 아니지! 어떻게 보면 뒤가 더 중요해요. 구렁이 같은 사람, 뱀 같은 사람, 그런 사람들은 못써요. 저 동생은 겉으로만 저렇지 속은 두부야 두부. 삼 대째 이어온 냉면집을 얼마 전에 처분했잖아요. 다른 거 일절 없이 냉면이랑 만두만으로 칠십 년을 이어왔으니 얼마나 대단해요. 그 정도 세월이면 가게도 사람이나 진배없어요. 간판도 솥도 그 정도면 말을 하고, 저 동생도 그 말을 알아들을 수가 있고요. 가게 처분하고는 않던 이 빠진 사람처럼 홀가분하게 놀러 다니며 좋아하더니만, 며칠 전서부터는 집에만 틀어박혀서 여기저기 전화를 돌리면서 사람들을 자꾸 불러들이고 있어요. 옛정을 생각해서 다들 그런가보다 하고 좋게 봐주니까 감사한 일인 것 같아요. 나는 이해해요."

은수는 "그러시구나" 하며 고개를 연신 주억거렸다.

사 년 전, 내 아버지는 다니던 제화공장이 폐업하자 시골로 내려가 한동안 폐가 수리에 몰두했다. 나는 그 모습을 곁에서 지켜본 적이 있었다. 그래서 사람마다 심리적 타격을 처리하는 방식이 다르다는 걸 알게 된 한편, 무방비로 도태되는 것에 대한 불안감이 막연히 커졌다. 유능해지고 싶었고, 시간을 허투루 쓰고 싶지 않았고, 휴지기 없이 다음 단계로 넘어가 내 자리에 부드럽게 착지하고 싶었다.

"집이 예뻐요."

그 순간 내 최선의 화답은 그것이었다. 그렇게 종잡을 수 없는 대화에 잠깐 끼어들었다가 빠져나왔다. 그래도 그 말이 거짓은 아니었다. 최근에 레트로 감성을 살린 매장들을 유심히 보아왔던 터라 그 집의 인테리어를 살피며 내 일에 적용할 만한 아이디어를 얻을 수도 있겠다 싶었다. 불쾌했던 첫 마음이 빠르게 누그러졌다.

김선생이 자리로 돌아와 은수의 '비실이' 시절에 대해서 거의 만담에 가까운 이야기를 펼치기 시작했다. 그는 밤마다 숨이 넘어갈 만큼 까무러치게 울어대서 부모의 진을 쏙 빼놓던 아기가 이만큼 자라난 게 기적 같다면서도, 젊은이는 젊은이답게 야심을 조금 더 품는 게 좋다며 단호한 표정을 지었다. 그리고 이후 느닷없는 청춘 예찬론을 펼쳤다. 어느 정도 짐작한 대로 그 찬사는 김선생의 젊은 날에 대한 무용담을 늘어놓기 위한 다리 역할을 했다. 나는 슬그머니 일어나서 화장실로 잠깐 피신했다.

거실이 고풍스러운 분위기였던 데 반해 화장실은 최근에 새로 공사를 한 것인지 매우 깔끔하고 현대적이었다. 거울과 조명이 골드 톤이라 아늑한 느낌이 들었다. 베르가모트 향의 디퓨저가 욕조 위 선반에 놓여 있었다. 내가 쓰는 것과 똑같은 제품이어서 혹시 젊은 식구가 함께 거주하는 것은 아닌가 미루어 짐작했다. 거울 앞에 서서 포근한 조명과 은은한 향에 둘러싸인 내 모습을 보며 매일 아침에 하는 자기암시를 한번 해보았다.

"잘하고 있어. 모든 게 잘될 거야."

그리고 내일을 위한 주문도 걸어두었다.

"깔끔하게 비워주고 산뜻하게 다시 시작하는 거지. 오케이?"

그때 누군가 화장실 문을 두드렸다. 약한 노크 두 번, 센 발길질 한 번. 나는 문을 열었다. 검은 원피스를 입고 분홍색 토끼 귀 모양이 달린 머리띠를 한 여자아이가 서 있었다. 아이는 심술궂은 표정으로 욕실 슬리퍼도 신지 않은 채 안으로 뛰어들었다.

"이런!"

아이를 피해 거실로 가보니 그새 사람이 더 늘어나 있었다. 커플로 보이는 젊은 남녀가 소파에 앉아서 은수와 이야기를 나누고 있었고, 김선생이 그 앞에 선 채 팔짱을 끼고 몸을 좌우로 흔들흔들하고 있었다. 김선생의 친척 누님은 어디에 있는지 눈에 띄지 않았다. 나는 주의를 끌지 않게끔 조용히 주방쪽으로 걸어가 그릇 건조대에서 머그잔을 하나 꺼냈다. 싱크대 위쪽 하얀 타일에 실금이 몇 개 가 있었다. 개수대 안에는 기름기가 고인 종지 한 개와 숟가락과 젓가락이 아무렇게나 놓여 있었다.

"주방이 아쉽네."

나는 정수기에서 따뜻한 물 한 잔을 따라 마신 후 식탁에 앉

144

아 나직이 그렇게 읊조렸다. 기분이 묘했다. 마치 이 집이 사연 있는 매물이고, 여기 모인 사람들은 모두 경매에 참여한 사람들이며, 내게는 그걸 구경할 특별한 권리라도 부여된 것만 같았다. 이곳에서 뭔가를 슬쩍 훔쳐 나가도 아무도 나를 간섭하지 않을 것 같다는 우스운 생각도 들었다. 그러다 어느 순간 거실에 있는 은수와 눈이 마주쳤다. 그가 내게 다정하게 미소를 지어 보였다. 내가 입 모양으로 '한 시간'이라고 말하고 검지와 중지로 손등을 한 번 두드리자, 은수는 알아들었다는 듯이 고개를 끄덕하고는 입을 오므려 내밀었다. '괜찮지?' 혹은 '고마워'의 의미일 것이다.

이런 휴일 오후를 기대해본 적은 한 번도 없었다. 애초에 기타 레슨이 아니었다면 성향과 지향이 많이 다른 우리가 자연스럽게 만나 친분을 쌓을 확률 자체가 거의 없었을 것이다. 그 최소한의 확률에 이르게 한 우연의 중첩들은 사실 굉장한 것일지도 몰랐다.

처음에 내가 기타 레슨을 배우려고 한 건 친목을 다지는 모임에서 눈길을 끌 만한 재주가 하나 정도는 있었으면 좋겠다는 생각에서였다. 한 열 곡 정도를 손에 익히고 싶었다. 하지만 그에 앞서 짧게 배웠던 탭댄스가 내게 잘 맞았더라면 그 취미생활을 계속했을 것도 같다. 탭댄스를 배우게 된 계기는 그전에 아마추어 연극 동호회에서 만났던 회원 중 하나가 탭댄스를 추는 모습이 근사해 보였기 때문이었다. 그리고 내가 그 연극 동호회에 들게 됐던 가장 큰 동기는 한때 많이 사랑했던 사람이 내게 퍼부은 악담 때문이었다. 삼 년을 사귀었지만 결국은 남보다 못한 사이가 된 그는 내게서 돌아서면서 말하길 '입바른 소리를 얄밉게 해서 정이 떨어진다'고 했다. 나는 이 유치하고 허무한 결말을 학구열로 극복해보려 했다. 사람과 상황의 복잡한 속성을 너그럽게 바라보고 풍부하게 표현하는 법을 익혀 '사랑은 사람을 성숙하게 만든다'는 교훈을 새로운 내 자산으로 품게 되길 바랐다. 하지만 어디까지나 바람은 바람일 뿐이었다. 나는 다만 그 모든 잡기雜技를 그럭저럭 조금씩 배워본 사람이 되어 인생의 아이러니를 좀더 수용하게 되기는 했다. 전 연인은 작년에 결혼했는데, 아마추어 골프선수인 그의 아내는 독설가 콘셉트로 한 유튜브 채널을 운영하고 있었다.

"뭐 필요한 거 있어요?"

별 기척을 못 느꼈는데, 어느새 김선생의 친척 누님이 내 뒤로 와 나를 지켜보고 있었던 듯했다. 나는 갑작스러운 그 목소리에 움찔 놀랐다.

"아뇨. 저, 좀전에 어떤 여자아이를 봤는데요."

"어디서요?"

"화장실로 들어갔어요."

"휴, 정말 못 말린다니까."

"왜요?"

"잠깐만 기다려봐요."

그가 화장실 쪽으로 걸어갔다.

"뭘 기다리라는 거야?"

나는 허공에 대고 조용히 웅얼거리곤 자리에서 일어나 거실로 향했다. 젊은 남녀와 김선생이 주고받는 말소리가 들려왔다. "불타 재가 돼버린걸요." "한마디로 후진 발상이지." 대화의 맥락을 알 수 없는 채로 소파에 다시 앉았다. 아까 내가 사용하다 놓아둔 포크가 제자리에 얌전히 놓여 있는 게 눈에 들어왔다. 젊은 남녀가 들고 있는 머그잔에는 은수가 사온 디카페인 커피가 담겨 있을 듯했다. 팔각 협탁 위, 팔각 탁상시계 옆에는 반짝이 스티커를 다닥다닥 붙인 휴대폰 하나가 뒤집힌 채 놓여 있었다.

은수가 나를 소개하려 운을 떼자마자 나는 말머리를 잽싸게 가로채고 나섰다.

"처음 뵙겠습니다."

굳이 통성명하는 게 필요치는 않을 것 같아 미소로 슬쩍 눙치려는데, 김선생이 은수와 나를 번갈아 손으로 가리키며 같이 온 친구라고 그들에게 일러줬다.

잠시 후 나는 이 젊은 남녀가 커플이 아니라 이란성쌍둥이라는 걸 알게 됐다. 남매는 내가 알 수 없는 이유로 김선생을 은

인으로 여기고 있었다. 그들은 사라진 것들에 대한 열화와 같은 향수를 공유하려 들었다. 이를테면 칠십 년 전통의 냉면집과 그 고유한 육수의 맛, 예전에 김선생과 처음 만났던 국선도 수련원 건물의 미로 같은 구조와 그곳 원장이 건물 옥상에 몰래 양귀비 백이십칠 주를 재배하다 경찰에 적발됐던 날의 충격, 돌아보니 분명히 수상했던 낌새들, 그리고 얼마 전 단종된 반고체형 천연 보습 크림의 질감과 그 틴 케이스에 그려져 있던 오소리 그림, 무덥고 습한 여름이 아닌 요즈음보다 덜 더우면서 더 쨍했던 여름날의 어떤 냄새들, 이제는 재개발로 사라진 어느 강변의 자전거 산책길 같은 것들을.

"예전에 앵무새를 키우셨잖아요?"

은수가 무언가 떠오른 듯 김선생을 보며 물었다.

"그랬지."

김선생이 고개를 끄덕였다.

"이름이 제롬이었던 거 같아요. 맞아요?"

"맞아! 기억력이 좋네."

"그 새는, 제가 잊을 수가 없죠. 사실 이름은 지금 막 생각났어요."

나는 이 대화의 어느 즈음에서인가 내가 나설 일이 있을지도 모르겠다고 짐작했다. 은수가 자기가 바보짓을 하거든 말려달라고 인간적으로 부탁하지 않았던가? 나는 상황을 살펴며 속으로 이렇게 생각했다.

'선의로 여기까지 와서 야심을 가지라는 둥 잔소리를 다 듣더니 이제는 갑자기 앵무새 이야기를 하려는 거야? 왜? 명상 센터에 등록했던 날처럼, 너 지금 뭔가 몰려 있는 마음인 거야? 평정심이 필요해? 그래서 새나 자연의 소리 같은 걸 하필 지금 떠올리고 있는 거니?'

만약 그렇다면 은수가 나중에 후회할 만한 말을 쏟아놓지 않도록 내가 중간에서 잘 끊어주리라고 생각했다. 그러면 얼추 계획한 시간에 맞춰 적당히 도리를 다 하고 알맞게 퇴장할 수 있을 듯했다.

하지만 그날의 그 앵무새 이야기에는 내가 끊어낼 수 없는 리듬이 있었다. 이야기는 이렇게 흘러갔다. 은수가 초등학생이었을 때였다. 은수의 아버지가 어느 날 저녁에 새장을 들고 귀가했다. 그 속에 앵무새가 한 마리 들어 있었다. 은수의 아버지는 손에 화상을 입은 김선생 대신에 일주일 정도 그 앵무새를 맡아주기로 했다고 설명했다. 은수의 어머니는 새를 무척 싫어했다. 상의 한마디 없이 무턱대고 일을 저지르고 보는 남편의 습관은 더욱 싫어했다. 은수의 아버지는 다른 수가 없었다고 변명했다. 그는 부인을 설득하려고 과장했다. 자기가 그 새를 집으로 데려오지 않았다면 새가 새장 속에 방치된 채 병이 나거나 굶어죽게 될 게 불 보듯 뻔했다고. 은수는 앵무새를 한참 동안 바라봤다. 새의 동그란 머리는 주황빛, 몸통은 연둣빛, 배 부분은 노란빛이었다. 두 눈은 작고 까만 단추 같았다. 그 날개 달린 생명체의 아름다움과 연약함이 그를 사로잡았다. 그 감정이 좋고도 참 두려웠다. 양손으로 새를 꽉 움켜쥔다면 죽일 수도 있을 것만 같았다. 그는 새가 졸고 있을 때 발끝에 살짝 손가락을 대보기도 했다. 따뜻한 온기가 그 자체로 신기했다. 새는 단 세 마디의 말을 할 줄 알았는데, 모두 질문의 형태였다. '안녕하세요?' '어디야?' '좋아?' 은수의 부모가 앵무새에게 식사와 물, 간식을 챙겨주는 일을 맡았고, 은수는 새와 놀아주는 역할을 했다. 새를 어깨 위에 올려놓고 말을 시켰다. 앵무새는 은수에게서 '예뻐'라는 단어 하나를 더 배웠다. 은수는 새장에서 새를 꺼내기 전에 집 구석구석을 살살이 살펴야만 했다. 반짝이는 물건들은 감춰두었고, 선풍기가 제대로 꺼져 있는지 확인했다. 그렇지만 어느 날은 갑자기 아무에게도, 심지어 자기 자신에게도 설명할 수 없는 충동과 호기심에 이끌려 집 창문을 활짝 열고 새를 밖으로 날려보냈다. 앵무새는 점심 무렵 집을 떠났다가 해가 저물기 전에 집에서 그리 멀지 않은 나무 밑에서 발견되었다. 연두색 털이 조금 뜯겨 있었다. 이후 새는 한동안 시름시름 앓았다. 은수의 아버지와 김선생은 그 일로 인해 거의 반년 동안 연락을 끊고 지냈다. 그 일은 은수에게도 상처로 남았다. 깊이 죄의식을 느꼈다. 하지만 그는 아이였으므로 아이답게 매일 새로 태어나 그날분의 모험을 떠났다. 앵무새에 관해서는 차츰 잊었다. 삼 년의 세월이 흘러, 그는 어느 여름날 처음으로 필름카메라를 샀다. 그걸 두 손으로 잡자 언젠가 경험했던 감각이 되살아나는 걸 느꼈다. 두근거림과 놀라움, 호기심과 충동이 한꺼번에 일었다. 무언가에 사로잡히는 감정은 그를 연약하고 두렵게 했고, 그래서 그는 그 물체가 일종의 생명체라고 여겼다. 그가 처음 찍은 건 학교 운동장에 떨어져 있던 주황색 농구공이었다. 인화된 사진들에는 저마다 고유의 언어들이 다채롭게 담겨 있었다. 그리고 그 속엔 항상 이런 내용이 포함됐다. 안녕하세요? 어디야? 좋아? 예뻐.

은수의 이야기가 끝나고 나를 포함한 사람들이 모두 약간의 여운 속에 남았을 때, 나는 그 타이밍을 놓치지 말자 싶었다. 그 집 거실의 분위기와 가구, 소품들을 휴대폰 카메라로 찍어가고 싶었기에 자연스럽게 내 목소리를 거기 얹었다.

"저흰 이제 가봐야 할 것 같아요. 그전에 여기서 사진 몇 장 찍어도 될까요?"

쌍둥이 남매가 매우 반색하며 자기들이 어떤 자세로 어디에 있으면 좋을지를 되물어온 것은 내 예상 밖의 일이었다. 은수가 필름카메라를 가져오지는 못했다고 하니까 그들은 약간 서운해하며 은수에게서 연락처를 받아갔다. 그러는 동안 나는 내 휴대폰 카메라로 그 집의 소파, 바닥, 협탁, 벽, 그림, 샹들리에 등을 찍었다.

은수와 내가 그 집을 떠날 때 토끼 귀 모양의 머리띠를 한 여자아이가 파자마로 갈아입고 나와 김선생 곁에 서서 우리를 배웅했다. 알고 보니 그 아이는 김선생의 늦둥이 딸이었다. 김선생이 자기 휴대폰 배경화면은 작년 핼러윈에 마녀로 분장하고 커다랗고 새까만 거미 인형을 끌어안은 딸아이를 찍은 사진이라고 말했다. 그는 첫번째 부인이 오래전에 앵무새 제롬을 데리고 떠났으며, 이후 따로 전해들은 소식은 없다고도 일러주었다.

그날 가이동에서 집으로 돌아오는 차 안에서 은수와 나는 기타 콰르텟 연주로 차이콥스키의 〈꽃의 왈츠〉를 들었다. 춤추듯 어우러지는 봄날의 기타 연주가 다정하고 사랑스러운 대화처럼 들렸다. 나는 얼결에 우리가 서로에게 무슨 고백이라도 하게 될까봐 은근히 긴장되었다. 은수의 매력 앞에서 단호했던 내 감정은 사실 좀 요사스러운 데가 있기는 했다. 새장속의 새를 꺼내 창문을 활짝 열고 알 수 없는 어딘가로 날려보내는 사람. 그건 은수에 대해 새로 알게 된 사소한 정보이면서, 또한 한 인간의 많은 부분을 설명해주는 본질적인 장면 같은 것이기도 했다. 나는 어린 날로 다시 돌아간대도 그런 사람이 될 수 없을 것이다. 변수를 예측하고, 상황을 점검하고, 그 속에서 최선의 노선을 찾아야 직성이 풀리는 내가 어느 날 사랑에 눈이 멀어 기꺼이 감당하고 싶어질 감정의 진폭은 어디서부터 어디까지일까. 문득 그런 게 궁금해지는 한편, 그 질문을 깨끗하게 무시하고 싶어지기도 했다.

"수산나야, 오늘 고마웠어."

"아냐. 재밌었어."

"원하는 데서 일하게 된 거 진심으로 축하하고."

"갑자기?"

"갑자기 아니야. 때를 놓친걸. 내가 아침에 산 공기청정기 있잖아. 그거 입사 축하 선물로 산 거야. 보니까 너 프레젠테이션하고 난 날에는 목소리가 많이 잠기더라. 기관지가 약하면 그럴 수 있어. 마음에 안 들면 열흘 내로 무료로 반품해준다고 하니까 일단 받아. 사양하지 말고."

나는 그의 섬세한 배려에 고맙고 미안해져서 최선을 다해 기뻐했다.

"나도 할말이 있는데……"

내가 잠시 망설이자 은수가 차를 공원 옆에 세우고 음악을 껐다.

"뭔데?"

"사진 찍는 거 가르쳐줄 수 있어? 제대로, 정식으로."

"아! 너 끈기가 부족하네. 기타는 이제 완전히 포기한 거야?"

"이번엔 달라. 열심히 배울게."

나는 새 직장에 어느 정도 적응하고 나면 제품 사진을 근사하게 찍는 법을 익히고 싶다고 했다.

"최고의 선생님, 제가 최고로 알아서 잘 모실게요."

"그냥 나 보고 싶어서 그러는 거 같은데."

"튕기기야?"

은수가 냉큼 대답을 해주지 않아서 나는 약간 요란을 떨었다. 언젠가는 내 사업을 하면서 내 팀을 챙길 거고, 내 브랜드를 갖고 싶다고. 그 모든 과정이 내 스토리가 되었으면 좋겠다고.

"그래. 진심인 거 알아."

은수가 미소 지었다. 나는 그의 말을 믿었다.

신세계에서

1

종일 쾌청하리라는 예보와는 달리 가을 아침 하늘빛은 비를 머금은 연회색이었다. 이원은 바람막이 점퍼를 목까지 잠그고서 조카 이열음과 함께 부산행 비행기에 올랐다. 중학생인 이열음은 그때껏 서울을 벗어나 하루 이상을 지내본 적이 없었다. 비행기 탑승도, 고모와 단둘이 떠나는 여행도 이번이 처음이었다.

좌석의 위치는 비행기의 허리 부분쯤이었다. 체구가 큰 이원이 창가 쪽을 택했다. 요사이 이열음이 좁은 공간을 답답해한다는 사실을 알고 있었기 때문이다. 또 '가까운 미래' '먼 미

래' '오지 않을 세계' 같은 표현이나 관념에 '꽂혀' 있는 듯도
했는데, 일례로 휴일 한낮에 불쑥 그를 찾아와 이런 질문을 던
진 것만 봐도 그랬다.

"엘리베이터가 없는 가까운 미래, 불가능할까?"

이원은 그때 좀 뜨악했으나 짐짓 "글쎄……" 하며 생각에
잠긴 척했다.

"건물 밖에서 층수를 말하면 정확하게 딱 그리로 솟구쳤으
면 좋겠어. 하지만 그런 건 나한텐 오지 않을 세계일걸. 옛날
사람들 머릿속에 비슷한 아이디어가 있었을 것도 같은데."

"하! 옛날 사람으로서 한마디하자면, 난 허공으로 그냥 솟
구치긴 싫다."

이원은 그렇게 대꾸하며 소리 내어 웃다가 주방으로 가 물
을 한 잔 마셨다. 대화가 끊기고 둘 사이의 거리도 좀 벌어진
만큼, 이열음은 조금 전보다 목소리를 높였다.

"고모는 지옥에 대해서 한 번이라도 상상해본 적이 있어?"

이원은 어이가 없어서 눈을 크게 굴렸다. 이열음이 성큼 다
가와 "없어?" 하고 고쳐 물었다.

"누군들 왜 없겠어. 책에서도 보고, 영화로도 보고."

"그치. 힘들면 '사는 게 지옥이다'라는 말도 하니깐. 만약에
'사는 게 지옥'이라는 빌딩이 있다 쳐봐. 그럼 난 일층부터 팔
십칠층까지 한 층 한 층 걸어올라가서 잠깐씩이라도 안을 보

고 싶을 거 같아."

"……팔십칠층이야? 네가 생각하는 그 빌딩이?"

"그쯤 돼."

"엘리베이터는 없고?"

"응. 그건 이미 겪었으니까. 지옥의 엘리베이터. 나 지난주에 학원 엘리베이터에서 끔찍했어! 한 발짝이라도 잘못 떼었다간 먹은 걸 다 토할 것 같아서 빨리 내리지도 못하고 겨우겨우 참았다."

"세상에! 그런 일이 있었어?"

이원이 걱정스러운 표정으로 어깨에 손을 올리자, 이열음은 몸을 살짝 비틀어 고모의 손을 자연스럽게 미끄러뜨리고는 "부산엔 혼자 가?" 하며 슬그머니 용건을 끄집어냈다.

이원은 하루 조용히 바닷바람이나 쐬고 오려던 계획을 변경해 이열음과 함께 2박 3일 다녀오기로 했다. 그리 달가운 일만은 아니었다. 우선 남동생 이겸을 설득해 허락을 받아야 했는데, 그 생각만으로도 이미 마음이 애잔해지며 일상을 벗어난다는 홀가분함은 졸아들었다.

이겸은 젊어서는 체격이 다부지고 이목구비가 또렷해 어디서든 눈길을 끌었다. 승부욕이 강하고 냉정한 면도 있어 안팎으로 단단한 이미지였다. 그랬던 사람이 만난 지 겨우 삼 주 된 연인에게 청혼하며 행복에 겨워 쩔쩔매자, 이원은 이 눈먼

열정이 되도록 자연스레 퇴색하기를 빌어주어야 했다. 모든 게 변한다는 사실을 누가 모르는가. 그런데 그의 사랑은 별안간 영원 속에 봉인됐다. 이겸의 아내는 감농장에 놀러갔다가 벌에 쏘여 과민성 쇼크로 질식사하고 말았다. 결혼한 지 사 년 만의 일이었다.

이후 이겸은 말수와 행동반경이 대폭 줄었으며 눈에 띄게 늙어갔다. 이제 고작 사십대인데도 곰삭은 나뭇가지처럼 생기가 없어 보였다. 무탈한 삶을 꾸리기 위한 선택들이 무엇인지 혼자만의 기준을 앞세워 고지식하게 굴었고, 그런 완고함이 점차 얼굴근육에 자리잡아 이전보다 차갑고 무뚝뚝한 인상으로 변했다. 새로운 연인들과는 반년을 채 넘기지 못하고 헤어졌다. 근간에는 제라늄, 애니시다, 칼랑코에 등의 식물을 사들여 싹이 트면 싹이 튼다고, 꽃이 피면 꽃이 핀다고 이원에게 사진과 함께 문자를 보내오는 등 전에 없던 행동을 보이기도 했다. 작고 연약한 식물의 생명력을 지키는 일만이 그의 세계에 화사한 기쁨을 몰고 오는 모양이었다. 그러니 변화무쌍한 사춘기의 딸에게는 얼마나 많은 보호색을 입히고 싶어지겠는가. 생각이 거기까지 미치자 이원은 더욱 가슴이 시려왔지만, 이내 자신의 빤한 한계를 수용하며 마음의 균형을 잡았다.

이열음은 기내에 착석하자마자 누군가와 메시지를 주고받기 시작했다. 이원은 그 모습을 흘깃 보고는 눈을 감았다. 온

열 안대를 집에 두고 왔다는 사실이 그제야 떠올랐다. 뒷자리의 꼬맹이가 좌석 등받이를 발로 탁탁 건드리고 있었다.

비행기가 이륙하며 기체가 흔들리자 이원이 눈을 떴다. 이열음이 팔꿈치로 이원을 가볍게 툭 건드렸다.

"고모."

"응."

"나 오늘 나오면서 잔소리 한마디도 안 들었다. 진심 놀랐어. 고모가 아빠 약점이라도 잡은 건지 뭔지 난 잘은 모르겠지만."

"고맙단 얘길 길게 한 거냐?"

"응."

"그럼 이따 초콜릿 사. 다크 칠십 퍼센트로."

"응응. 칠십 퍼센트. 근데 있잖아, 내가 말 안 한 게 있어."

"뭔데? 해봐."

"친구가 지금 부산에 있어. 작년에 같은 학원 다녔어. 지금은 아니고."

"오호, 그래?"

"걔랑 잠깐 만나려고. 그때 나 좀 혼자 내버려둬."

"으흠, 그때가 언젠데?"

"아마도, 이따 오후부터 밤까지."

"……"

"부탁이니깐 그냥 들어줘. 제발. 제발."

"남자친구?"

"아니."

"뭐할 건데?"

"모르겠어."

"말할 수 있는 게 하나도 없어?"

이열음이 표정을 굳히더니 입을 다물었다. 그리고 가방을 뒤적여 손거울을 꺼내들고 제 얼굴을 비춰보며 이렇게 중얼거렸다.

"고모가 보기에 난 엄마의 어디를 닮았어?"

이원은 그만 말문이 탁 막혀버렸다. 뒷자리에서 아이가 칭얼거리는 소리, 아이의 엄마가 "쉿! 쉿! 그만 뚝!" 하고 어르는 소리가 들려왔다. 이원은 "열음아" 하고 나직이 이름을 부르고는 '쉿!' 하는 입 모양을 하며 검지를 제 입가에 가져다댔다. 다른 승객들을 배려하여 우리도 그만 조용히 하자는 의미만은 아니었다. 이열음이 부루퉁한 얼굴로 이원을 돌아보았다가 이내 고개를 떨구며 피식 웃었다.

이열음은 자신이 헌 베개를 끌어안고 고집스레 벽에 딱 달라붙어 서서 롤러스케이트를 사달라고 졸라댔던 유년의 어떤 밤에 이원이 바로 그런 동작을 해 보였던 게 떠올랐다. 그때도 가을이었다. 이원의 "쉿!" 소리에 입을 다물고 발끝을 내려다

162

보고 있으려니 어디선가 귀뚜라미 우는 소리가 들려왔다. 둘이서 소리가 나는 쪽으로 살금살금 걸어나가다 식탁 밑에서 귀뚜라미 한 마리를 찾아냈다. 이열음은 귀뚜라미를 잡아 창밖으로 내보내며 신이 났다. 원하는 것을 당장 손에 쥘 수 없다는 그 슬프고 억눌린 감정이 "쉿!" 하는 순간 귀뚜라미 한 마리에게로 흘러간 게 좋았고, 그걸 창밖으로 내보낼 수 있었던 밤이 예뻤다. 울고 난 뒤라 물기 어린 눈으로 바라보아 더욱 그렇게 느껴졌던 것인지도 몰랐다. 막상 나중에 롤러스케이트를 선물받게 되었을 때는 그만큼 기쁘지 않았다.

"나중에 말해줘."

이열음이 등받이에 몸을 묻고서 눈을 감았다. 이원은 표정이 사라진 이열음의 얼굴을 들여다보며 "너도" 하고 대꾸하고는 잠시 생각에 잠겼다.

'하늘로 솟구치고 싶대서 이보다는 신나할 줄 알았는데, 난 널 참 모르겠네. 하긴 열네 살은 종잡을 수 없는 때긴 하지. 같이 바닷가를 천천히 걸어봐야겠다. 어떤 이야기라도 잘 들어주거나 골똘히 듣는 척이라도 해야 할 거야. 따뜻한 음식을 먹는 것도 분명 도움이 되겠지. 심신이 이완될 테니까. 첫 식사는 깔끔한 복국이 좋겠어.'

한편 이열음은 나름대로 첫 비행을 음미하는 중이었다. 그는 감은 눈 안쪽에서 야광으로 빛나는 롤러스케이트를 타고

죽은 이들의 묘지 사이사이를 미끄러져 다니는 어떤 여자를 그리고 있었다. 처음에는 그게 자신의 모습인 듯했다. 그러다 점차 그 이미지가 현재가 아니라 먼 미래의 풍경이고, 여자는 자신의 딸이나 손녀라는 식으로 생각이 번져갔다. 그 연상 속에서 귀뚜라미가 울었다. 숲에서 떼로 울었다.

2

이원과 이열음이 탄 비행기가 김해공항에 착륙할 무렵, 다대포해수욕장 근처의 한 호텔 객실에서는 김호경이 지인에게 전화를 걸고 있었다. 그는 전날 저녁 부산역에 도착해 마음 가는 대로 돌아다니다가 우연히 눈에 들어온 이 호텔에 들었다. 배정받은 객실은 실내장식이 볼품없었지만, 침구와 욕조가 모두 깨끗했다.

여섯번째 통화 연결음이 울리는 것까지 듣고서 그는 전화를 끊었다. 옷걸이에 걸어둔 반원형의 고동색 가죽가방에서 문고판 크기의 무선 노트를 꺼내와 테이블 위에 펼쳐놓고는 뱃속에서 나는 꼬르륵 소리를 들으며 볼펜으로 메모했다. '오전 열시경, 홍찬진, 전화 연결 안 됨. 오아시스호텔 1123호. 옆방 소음이 좀 들리는 것 빼곤 좋음. 청결함.'

그는 단발머리를 쓸어 올려 하나로 묶은 뒤 가방을 둘러메고 밖으로 나왔다. 길 건너편 카페로 가 샌드위치로 요기를 하며 블랙커피를 홀짝이고 있을 때, 홍찬진에게서 전화가 왔다.

"놀랄 노 자네요!"

홍찬진이 대뜸 우스갯소리를 던졌다.

"팔백 년 만이네요."

김호경도 너스레로 응수했다.

홍찬진은 오래전 김호경에게 신세를 진 적 있었는데, 언제든 도움이 필요하면 자기에게 꼭 알려달라고, 은혜를 갚을 기회를 달라며 강조했었다. 김호경은 무슨 대가를 바라며 그를 도운 것이 아니었기에 웃어넘겼다. 은혜라니 못 말려, 손사래를 쳤었다. 이제는 자신이 무슨 호의를 어떻게 베풀었었는지조차 희미해졌다.

두 사람은 간간이 서로의 안부를 확인하며 깜짝 선물을 주고받기도 했다. 한번은 홍찬진이 김호경에게 생선 한 상자를 택배로 보내주었다. 김호경은 답례로 홍찬진과 그의 섬약한 아내를 위해 숙면을 돕는 향주머니와 손수 만든 테이블보를 부쳤다. 테이블보에는 엉겅퀴 그림을 그려넣었다. 한 송이 안에 수백 개의 작은 꽃들이 들어 있는 엉겅퀴의 특성을 염두에 두며 섬세한 자줏빛 꽃잎들을 예쁘게 살려내고자 정성을 들였다.

홍찬진은 몸 여기저기로 통증이 '돌아다닌다'며 볼멘소리를 했다. 코가 볼썽사납게 부어오른 채 병원에 와 있는 중이라고, 엊저녁에 술을 진탕 마셨는데 시비가 붙어 몸싸움을 벌였다고, 술도 싸움도 다 너무 오랜만이었다고.

"누가 당신 아니랄까봐."

김호경은 그를 웃게 하려고 애정을 담아 말했다. 그 말은 서로를 안아 다독이는 듯한 효과를 냈다. 세월이 무상해도 나는 지금 당신 모습이 훤히 잘 보인다는 의미가 담겨 있었다. 젊은 날 김호경이 '아기랑 엄마랑'이라는 이름의 유아복 매장에서 판매 사원으로 일하던 때, 홍찬진은 형네 집에 얹혀살고 있었다. 그 형이 바로 '아기랑 엄마랑'의 주인이었다. 김호경과 홍찬진은 매장에서 자연스레 처음 마주쳤고, 예의를 차려 통성명을 했다. 좀 친해지자 홍찬진은 사람에게 살의를 느껴 거의 죽일 뻔했던 이야기를 들려주었다. 어머니가 사기꾼들에게 속아 고향땅을 헐값에 넘기지 않았더라면 자기가 그들을 작살낼일도 없었을 테고, 그럼 아마도 얌전히 공부를 마치고서 제때 생물학 석사학위를 받았을 거라면서. 그는 진짜 직업을 찾게될 때까지, 라는 단서를 붙이며 임시 잡역부로 일했다. 그는 실없이 잘 웃었고, 언제든 자판기를 이용할 수 있도록 동전 몇개를 항상 주머니에 넣고 다녔다. 어느 날 김호경은 연극 한편을 보고 와 재미있었던 대목들을 그에게 생생히 전해주었다. 그중에는 작은 행성에 사는 한 남자가 다른 먼 행성에 사는 남자를 특수 망원경으로 지켜보며 "누가 당신 아니랄까봐!" 하고 중얼거리는 부분도 있었다. 홍찬진은 그 말을 한 인물이 게이일 거라 확신했다. 저를 노상 주시하던 남자에게 유혹당했던 일화를 입담 좋게 풀어놓으면서. 그가 말하길, 엄청난 미남하고 키스하려니 정신이 아득해져서 심장이 입 밖으로 튀어나오는 줄 알았다고 했다. '아! 다른 세상이 열리는가?' 했지만 거기까지였다고, 자기는 그렇지는 않았다고.

"도망치지도 않고 계속 얻어터지다니! 이렇게 한심할 수가! 새벽에 경찰서에 붙잡혀 있다가 나온 거 있죠."

"잘 쉬어요. 얼른 나아요."

그들은 다음을 기약하며 나긋이 인사말을 나누고 전화를 끊었다. 김호경은 방금 일어난 일에 관해서도 메모했다. '홍찬진 술 먹고 싸움 나서 코 다침, 못 봄, 빗나감.' 그가 거기까지 적고서 고개를 들었을 때 카페 주인이 출입문 앞에 쪼그리고 앉아 검은 개에게 무어라고 이야기하는 모습이 눈에 들어왔다. 그래서 '빗나감' 옆에 곧 '검정 개'라는 말도 적었다.

메모하는 습관이 기억력 증진에 도움이 되리라고 그에게 일러준 사람은 유명한 신경과 전문의였다. 김호경이 진료실 출입문에서 의사 앞으로 가 앉기까지는 보통 여덟 발자국을 걸어야 했다. 그 거리감은 전문가의 권위, 전문성, 데이터와 그

것들이 속한 질서의 공고한 힘을 연상시켰다. 또 한편으로는 모든 확신, 확언, 확률에 순응하기를 일단 보류하는 김호경의 기질을, 경계심을 일깨웠다. 그는 의사의 조언대로 메모하는 습관을 들였다. 단, 간단히 명사형으로 끼적여 스스로에게조차 힌트로 남기는 식이었다.

김호경은 밖으로 나서며 카페 주인에게 인사를 건넸다. 가까이서 보니 검정 개는 서너 살쯤 된 래브라도리트리버 같았다.

"얘는 이름이 뭐예요?"

"몰라요. 저희 개 아니에요. 며칠 전부터 이 시간쯤이면 여기로 와요."

카페 주인은 사촌이 기르던 포메라니안에게 윗입술을 깨물려 피를 줄줄 흘린 후로는 개든 고양이든 길러보겠다는 생각을 한 적이 없다고, 그렇대도 동물을 싫어하는 건 아니라고 덧붙였다. 주인이 그릇에 삶은 달걀을 담아 내주자 개가 뚝딱 먹어치웠다.

"이 녀석아, 너 운이 좋구나!"

김호경이 개와 눈을 맞추며 활짝 미소 지었다. 개는 그 말을 알아들은 것인지, 아니면 그 목소리에 실려온 순수한 기쁨의 냄새를 맡은 것인지 꼬리를 치고 경중거리며 그의 주위를 맴돌았다.

3

　이원과 이열음은 해운대 바닷가가 내려다보이는 오래된 호텔 객실에 들어 사진을 몇 장 찍었다. 이열음이 이원을, 이원이 이열음을, 또 둘이서 둘의 모습을 한 프레임에 담았다. 이열음은 보라색 후디에 청바지로 갈아입고서 겨자색 비니를 썼고, 흰 운동화를 신었다. 거울 앞에서 매무새를 가다듬는 이열음을 향해 이원이 넌지시 말했다.

　"걔는 지금 어디라니?"

　"여기서 멀진 않아. 이삼십 분 걸리려나봐."

　이원은 초행길이니 서둘지 말라고 거듭 당부했다. 이열음은 이원의 잔소리를 띄엄띄엄 흘려들으며 속으로 다른 이미지들을 좇았다. 파도의 거품, 해변의 모래, 시티 투어 버스의 이층 좌석과 난간, 흥정과 호객의 장소들, 기념품 가게 같은 것들을. 그리고 거짓말, 거짓 꿈, 돈놀이로 귀결된 작년 여름의 이상한 우정에 대해서도 떠올렸다. 나희진, 오경미, 전수정. 이제는 잘 부르지 않게 된 그 이름들도. 또 동시에 이원과 눈을 맞추며 피로 얽힌다는 것, 연결감, 예속과 약속을 감상적으로 받아들였다. 그는 매 순간 이런 식으로 자라났다. 태어나고 분열하는 세포들의 합. 피가 되고, 뼈가 되고, 벌어지고, 길어지고, 깊어지고, 짧아지고, 전기가 일며 자라는 중이었다.

"고모, 우린 걱정 가족이야. 아빠는 날 걱정하고 난 내 걱정하는 아빠를 걱정해. 아빠를 걱정하는 고모를 걱정하고."

"솔직히 말하면, 내가 좀 자신이 없어서 그래. 나 안심하려고 이러는 거라고. 길 묻는 사람한테 일러주듯이, 조금만 더 친절해져봐. 왜 여기까지 와서 다른 것 말고 그 친구가 제일 먼저 보고 싶어?"

"지금이 지금뿐이라서. 걔도 개 하나라서. 걔랑 갑자기 사이가 멀어졌거든. 싸워볼 새도 없었어. 근데 여기서 보면 다를지도 모르잖아. 뭐 나쁠 수도 있겠지만. 걔는 여기 잘 알 거야. 걔네 아빠가 경성대 근처에 사신대."

"그래?"

"응. 화해하면 다음엔 고모랑 같이 볼게."

"알겠다. 그럼 나랑 복국 먹고 가."

"응?"

"싸우려면 힘을 내야 하니까 먹어야 하고, 안 싸우려면 일단 배가 든든해야 돼."

"응응. 고마워."

두 사람은 호텔에서 나와 복국을 사 먹고 벡스코 앞에서 흩어졌다. 이원은 이열음에게 '중간에 문자 두 번 보내기, 일곱 시 전에는 돌아오기'를, 이열음은 이원에게 '아빠한테는 일단 비밀로 하기'를 부탁했다.

이열음은 지하철을 타고 서면역으로 갔다. 2번 출구로 나가 '서면역 2번 출구로 와'라고 보내온 전수정의 메시지를 재차 확인한 뒤 이십 분을 기다리고 서 있다가 새로운 메시지를 받았다.

'인증샷 보내'

그는 역 앞에 서 있는 자기 모습을 찍어 전송했다. 잠시 후 '똥색 비니 예쁘네'라는 답신이 왔다. 그는 '겨자색이야' 하고 정보를 바로잡는 문자를 보냈다. 십 분처럼 느껴지는 이 분이 흐른 뒤 새 메시지가 도착했다.

'겨자?ㅋㅋㅋㅋ 나 지금 시청인데 이리로 올래? 니가 오는 게 빠를 듯'

이열음은 지하철 노선도를 확인하곤 도로 계단을 내려가며 시청역으로 가겠다는 답신을 보냈다.

이열음이 부전역과 양정역을 거쳐 시청역에 다다를 즈음 새로운 메시지가 왔다.

'취소'

이열음은 전수정에게 바로 전화를 걸었고, 그러느라 시청역에서 내리지 못했다. 전수정은 마침 사려고 했던 스피커가 중고 거래 사이트에 싸게 나와서 거래하러 덕포역 쪽으로 이동하는 중이라고 말했다.

"그리로 택시 타고 올래? 내가 택시비 줄게."

"나 있어, 돈."

"있어?"

"응."

"얼마나 있는데?"

"얼마 있으면 돼?"

"많으면 좋겠지. 나처럼 안 되고."

"야, 그러지 마."

"쫄리냐?"

"덕포역이라고 했어?"

"됐고, 그냥 보지 말자. 나 마음이 바뀌었어."

"네 마음이 뭐가 중요해. 네 마음은 아무런 힘이 없어서 바뀌고, 바뀌고, 바뀌고, 계속 또 바뀔 건데. 여기저기 나 오라 가라 하는 거 일부러 그러는 거지? 내 잘못인 것처럼. 내가 나쁜 것처럼. 이게 재미있니?"

전수정이 스피커를 사면 집에 두고 나와야 하니 아예 경성대 쪽으로 오라고 하고는 전화를 툭 끊었다. 이열음은 전철에서 내려 밖으로 나왔다. 비가 흩뿌리고 있었다. 그는 택시를 탔다. 경성대 앞에서 내려 우산을 사야 할까 두리번대다가 '고릴라 책가방'이라는 사다리꼴 입간판이 있는 북카페를 보았다. 그는 그곳으로 들어가 코코아를 한 잔 시켜놓고는 이원에게 약속한 첫번째 문자메시지를 보냈다.

'비 와서 카페야. 이야기중'

이원에게서는 자기도 비 때문에 일단 호텔로 들어와 씻는 중이라고, 다른 걱정은 하지 말고 친구와 좋은 시간 보내라는 답신이 왔다.

이열음은 다 마신 코코아 잔을 내려놓고서 혼자 두 시간을 흘려보냈다. 그사이 비가 갰다. 전수정에게 문자를 보냈으나 더는 답이 없었다. 나타나지 않을 모양이었다.

이열음은 지난해 여름 전수정과 어울려 지내면서 전수정의 친구인 나희진과 오경미를 알게 됐다. 그들 넷은 모두 서로를 선망하여 상대의 미묘한 특성들을 잘 포착해냈고, 또 그걸 금세 흡수하고 흉내냈다. 옷을 돌려 입기도 하고, 일 개월 남짓이긴 했지만 다 같이 댄스 학원에 다니기도 했다. 이열음과 전수정은 한동안 교환 일기를 썼다. 그들의 아버지는 신기하게도 주사가 비슷했다. 술을 마시면 화장실에서 울었다. '기도하는 사랑의 손길로'라는 가사로 시작되는 조용필의 노래가 취중 애창곡 중 하나였다. 전수정에게는 언니가 둘 있었다. 모두 집을 지긋지긋해했다. 불평이 많은 언니라도 있는 게 없는 것보다는 좋을 것 같아서 이열음은 전수정이 부러웠다. 그래서 부럽다고 말하면 전수정은 "넌 잘 몰라서 그래"라고 핀잔을 주며 그를 귀여워했다. "그렇게 부러우면 날 언니라고 불러"

하고 깔깔대면서. 전수정에게는 개그맨이 되고 싶다는 꿈이 있었기 때문에 이열음은 그 앞에서 일부러 많이 크게 웃었다. 그러면 기분이 별로 좋지 않은 날에도 그럭저럭 하루가 잘 굴러가는 느낌이 들었다. 뭔가를 좋게 해내고 있다는 느낌.

여름방학이 끝나갈 때쯤 오경미가 할말이 있다면서 학원 주차장으로 이열음을 불러냈다. 오경미는 전수정이 나희진과 자기에게 육십만원을 빚졌는데, 아마도 전수정이 당장 갚지 못할 것 같다면서, 큰일이라 했다. 사실 그 돈은 다른 선배들에게 가야 할 돈인데, 그 선배들은 절대로 가만히 기다리고 있지만은 않을 것이라고. 그러니 이열음이 전수정을 위해 대신 돈을 내거나 보증을 서줄 수 있는지 물었다.

"그 돈으로 개가 뭐했는데?"

이열음이 묻자 오경미가 "별거 안 했어. 그냥 놀았어" 하고 대꾸했다.

이열음은 어리벙벙했다. 뭔가 잘못되었다는 느낌밖에는 없었다. 머뭇거리는 동안 닷새가 흘렀고 그사이 육십만원은 그 선배들의 셈에 따라 이자가 눈덩이처럼 불어 사백만원에 이르게 되었다. 이열음이 모르는 다른 학생이 전수정의 보증을 서주었다. 오경미는 이런 것들을 '놀이'라고 불렀다. 돈놀이. 못 갚으면 몸으로 때워야 하는데 어떻게 때울지는 그때그때 상황에 따라 선배들이 시키는 대로 따라야 한다고 했다. 전수정은 모두와 연락을 끊고 잠적했다. 해가 바뀌고 다시 여름을 맞았을 때 전수정이 부산에 있다는 소식이 돌았다. 이열음은 전수정이 보고 싶었다. 다시 보면 무엇이 더 보일지 알고 싶었다. 하지만 전수정은 또다시 숨었고, 뭔가가 잘못되었다는 느낌은 이제 이열음에게서 훅 빠져나가고 없었다. 그는 이원에게 두번째 문자메시지를 보냈다.

'끝나고 지금 가는 중'

4

이원과 김호경은 장림포구의 전망대 옥상에 함께 올랐다.

"친구랑 이리 온대요?"

김호경이 물었다.

"오는 중이래요. 혼자서."

이원이 대답했다.

이원과 김호경은 다대포 해변가를 거닐다가 우연히 두 번 마주쳤고, 이어 장림포구의 산책로를 따라 걷다가 또다시 두 번 마주쳤다. 그러니 장소를 옮겨가며 총 네 번을 본 것이었는데, 두번째까지는 그냥 지나쳤지만 세번째는 가볍게 고개 숙여 인사했고, 네번째는 웃음이 새어나와 마주서서 몇 마디를 나누었다. 그리고 같이 이렇게 쉬어가기로 한 것이었다.

이원이 먼저 바다 쪽을 바라보며 빈 테이블에 앉았다. 김호경이 그 옆에 나란히 앉았다.

"얘예요."

이원이 휴대폰에 저장된 이열음의 사진을 보여주었다.

"예뻐라. 고모랑 닮은 것 같기도 하고……"

"사진으로는 몰라요. 잘 안 보이는 데가 닮아서. 손목 발목이 좀 가는 편이고, 얘 눈썹 안에 잘 보면 빨갛고 조그만 점이 있는데, 저도 똑같은 위치에 그게 있어요."

김호경은 그 말을 듣고는 미소 지었다. 그들의 저 뒤편에는 포구를 따라 늘어선 작은 배들과 알록달록하고 아기자기한 문화촌 건물들, 산책로, 어묵공장들이 줄지어 있었다.

"여긴 오늘 별로 사람이 없네요."

"한적한 게 오늘 제 컨디션에는 더 맞고 좋은데요. 제가 2박 3일 동안 책 한 권은 읽게 되겠지 싶어서 이걸 챙겨왔는데, 아마 한 줄도 못 읽고 가게 될 거 같아요. 남동생이 딸 바보라 자꾸 문자를 보내네요. 나보고 열음이 잘 살피라고."

"조카가 여름에 태어났나봐요?"

"아뇨. 기쁠 열, 소리 음, 기쁜 소리, 열음이에요."

"기쁜 소리. 좋네요. 책은 뭐 읽으시는 거예요?"

"미스터리 소설이에요. 단발머리 연쇄 살인마가 나와요.

『아드리안과 몬드리안』."

"무기가 뭔데요? 무엇으로 죽여요?"

"잠깐만요. 안에 그림이 있는데, 철끈으로 뒤에서 목을 조르는 거 같아요."

"힘든 방법을 쓰네요. 저는 그렇게 힘들게는 안 해요."

"네?"

"전 저주해요. 그럼 죽더라고요. 제 저주가 정말, 정말 힘이 세요. 그래서 제가 조심하려고요. 헷갈리지 않고 조심하려고 가끔 이렇게 푹 쉬면서 충전하는 거예요. 좋은 곳들 돌아보면서."

"하하하!"

이원은 목젖이 드러날 만큼 입을 크게 벌리고 웃었다. 그러다 그들은 갑자기 말이 없어졌다. 어린아이 둘이 계단을 밟고 옥상으로 올라와 뒤처진 아빠를 채근했다. 김호경이 몸을 틀어 계단 쪽을 바라보았다. 둘 중 한 아이가 도로 계단을 내려갔다. 이원이 커피를 사러 아래층 카페로 갔다. 바다는 잔잔했다.

이열음이 택시에서 내려 전망대 건물로 들어섰다. 그는 "고고고!" 소리치며 아빠의 엉덩이를 양손으로 미는 아이와 그 앞에서 장난치며 버티고 선 아빠를 보았고, 그들을 스쳐지나 김호경이 앉아 있는 테이블 쪽으로 걸었다. 그는 두리번거렸다.

"안녕하세요? 이열음 맞죠?"

김호경이 알은체했다.

"저, 누구신지 잘 모르겠어요."

"고모는 잠깐 커피 사러 갔어요. 여기 이게 고모 책이잖아요."

김호경이 테이블 위에 놓인 『아드리안과 몬드리안』을 가리켰다. 이열음은 조금 전까지 이원이 앉아 있던 자리로 다가가서 김호경을 한 번, 책을 한 번 보고는 "이게요?" 하고 고개를 갸웃했다. 그때 그들의 뒤쪽에서 이원의 목소리가 들려왔다.

"열음아!"

두 사람이 뒤를 돌아봤다. 이원이 손짓하며 목소리를 높였다.

"들어가서 마시죠. 쌀쌀해지고 있어."

김호경이 고개를 크게 끄덕여 보였다.

"저, 이거 전에 연극으로 봤어요."

이열음이 이원의 책을 챙겨들고는 김호경에게 말을 걸었다.

"오, 진짜?"

김호경이 반색했다.

"모니터로요. 온라인 극장. 반쯤 보다 껐어요. 별로 무섭지는 않던데."

그들은 계단을 내려가 아래층 카페로 들었다. 소파 자리는 창에서 먼 모서리 공간에 하나 남아 있었다. 그들은 거기 앉아 모두 따뜻한 카푸치노를 마셨다. 이열음은 김호경과 이원의 대화를 흘려들으며 순간적으로 깜빡 잠이 들었다. 눈을 번쩍 뜨고 고개를 쳐들었을 때는 시간이 많이 흐른 줄로 착각해 갑자기 각성이 일며 가슴이 빠르게 뛰었다.

커피잔은 아직 뜨거웠다. 그는 옥상으로 올라가서 아빠에게 전화를 걸었다. 노을 맛집에 왔는데 장관을 놓친 것 같다고, 하지만 여행이 재밌고 내일이 기다려진다고 말한 뒤에 "칼랑코에가 예쁘게 꽃을 피웠다"라는 아빠의 목소리를 들었고, 잠시 후 그 꽃 사진을 카톡으로 받았다. 그는 먼바다를 배경으로 자기 사진을 찍은 뒤 그걸 아빠에게 보냈다.

이열음은 카페로 도로 들어와 소파에 앉으면서 갑자기 눈물이 흘러나올 것만 같았는데, 그 감정을 억제하며 점점 더 북받치는 기분을 느꼈다. 그래서 자주 들고 나는 지옥문으로 누군가를 데리고 들어가기로 했다.

"내일 뭐하실 거예요?"

그는 김호경이 그 사람이면 어떨까 생각하며 물었다. 그 질문이 눈물을 흡수한 것인지 기분이 훨씬 나아졌다. 김호경은 체크아웃하고 서울로 돌아갈 거라고, 그렇지만 밤사이 마음이 바뀔 수도 있는 거니까 그전에 한번 통화해보자고 했다. 김호경이 이열음에게 휴대폰 번호를 가르쳐주었다.

잠시 후 그들은 웃으며 헤어졌다.

5

김호경은 침대에 들기 전에 이열음이 아닌 이원으로부터 전
화를 받았다. 이원은 이열음이 잠이 들었다고 했다. 김호경은
"네" 하고 대꾸하며 어쩐지 섭섭한 기분이 들었다. 그는 전망
대에서 이열음과 함께 계단을 내려가다가 왼쪽 종아리에 쥐가
날 뻔했던 일을 떠올렸다. 이열음에게 자기도 예전에 연극을
좋아해서 종종 보러 다녔다고, 혹시 온라인 극장에서 반쯤 보
았다는 〈아드리안과 몬드리안〉에서 인상적인 부분은 없었느
냐고 묻고 난 직후였다. 김호경이 돌연 "아아" 하며 입을 벌리
고서 상체를 수그렸고, 이열음이 순간적으로 그의 한쪽 팔을
꽉 붙들었다 놓았다. 그 악력이 굉장히 셌던 것에 둘 다 깜짝
놀랐다.

김호경은 내일 날씨를 확인해보기 위해 리모컨으로 뉴스 채
널을 찾았다.

"내일 서울 가시나요?"

이원이 물었다.

"하루 더 있다 갈까봐요."

김호경이 대답했다.

"열음이한테 좀 놀라운 이야기를 들었어요."

뉴스의 오프닝 장면에서 기상캐스터가 나무숲 사잇길을 걸

어나왔다.

"뭐라던가요?"

"지금 전하고 싶지는 않아요. 어쨌든 감사해요."

"괜찮으면 내일 같이 좀 다닐까요? 저는 좋은데."

그러자 이원이 재빨리 그 말을 받았다.

"아! 그래주실래요? 전 어떻게 해야 할지 통 모르겠네요."

"어어, 무슨 일일까……"

"'사는 게 지옥'이라는 이름의 빌딩이 있다고 쳐봐요. 일층부터 팔십칠층까지 있어요. 거기 어딜 잠깐 보고 온 거죠, 열음이가."

"글쎄요. 뭐라 해야 할지. 우린 지금 바닷가에 있어요. 그리고 내일 봐요. 오늘은 주무세요. 곧 만나요."

텔레비전에서 내일은 화창해 나들이하기 좋은 가을날이 되리라는 예보가 흘러나왔다. 김호경은 이원과의 통화를 마친 뒤 노트를 꺼내 펼쳐 들고 늘 하던 일을 했다. 기억할 이름들과 내일을 위한 힌트들을 남겨두었다.

이열음, 이원.

지옥의 빌딩 팔십칠층, 놀라움. 나들이, 약속, 맑음.

부소니호텔, 가을

염세정이 딸 권보경에게 듣기로, 원희지는 사춘기를 잘못 보낸 운동 천재라고 했다.

"엄마, 정말이야. 어렸을 때 걔는 엄청나게 빨리 달렸고, 굉장히 높이까지 뛰었어. 그렇지만 주님이 걔가 뛰도록 허락하지 않으셨어. 그래서 운동선수가 되지 못한 거야. 엄마가 칠 년 전에 걔를 진심으로 대했더라면 어떻게 해서든 걜 도와주고 싶었을 거야. 희지네 집이 불에 탔을 때, 도의적인 차원에서라도 말이야. 하지만 엄마는 그때 나한테조차 무관심했지. 밤낮으로 일만 했잖아. 엄마는 엄마의 문제를 피해서 일로 도망쳤어. 그래서 희지랑 내가 친해지게 된 거야. 우린 '답이 없는 삶'이란 개념을 열한 살 때 사이좋게 공유했어."

염세정은 딸이 원희지에 대해 이야기할 때 눈빛과 목소리 톤에 은은하게 광기가 서리는 걸 보면서 놀라기도 했거니와, 말끝에 자기한테로 화살을 돌리기까지 하는 데는 어안이 벙벙해지며 숨이 턱 막힐 지경이었다.

'쟤가 왜 저러지? 얌전하기만 하던 애가 오늘 이상한 쪽으로 말문이 트였네. 내가 문제를 피해 뭐 어디로 도망쳤다고? 도의적인 차원과 답이 없는 삶이 어쩌고저쩌고! 아아, 우리 엄마가 예전에 나보고 딱 너 같은 아이 낳아서 고생 좀 해봐라, 하며 푸념하던 게 떠오르네. 그때 결심한 대로 결혼하지 말았어야 했는데. 정말이지 이 상황에서 도망치고 싶구나. 숲으로, 숲으로 걸어들어가고 있다고 생각해보자.'

염세정은 화를 누르느라 얼굴이 붉어진 채로, 피톤치드를 뿜는 나무들 사이로 걸어들어가는 자신을 상상해보며 잠시 숨을 골랐고, 그러고 난 뒤에야 정상 맥박을 되찾고는 딸에게 찬찬히 따져 물었다.

"그래, 그게 네가 그 원희지인가 뭔가 하는 애의 버킷 리스트를 같이 이뤄보겠다고 하는 이유야?"

"응. 꼭 같이하고 싶어."

"그러니까, 그게 네 진심이라고?"

"분명하게 진심으로 그래, 엄마. 걔한테 자극받아서 이러는 게 아니야. 걔가 나한테 뭘 어떻게 하자고 조른 건 아무것도 없어."

"휴, 알겠어. 내가 졌다. 내일 아침에 선생님께 전화드려볼
게."

"와! 고마워, 엄마. 선생님한테는 자세한 얘기는 절대로, 절
대로 하지 말고. 그럼 나중에 나만 피곤해진다고."

염세정은 지난봄에 딸이 계절성 알레르기로 인해 눈꺼풀이
가렵고 목이 깔깔해서 수업에 집중하기 어렵다면서 조퇴를 반
복해댄 통에 딸의 담임으로부터 자주 전화를 받았다. 그때마
다 그는 딸이 내과와 이비인후과에 다니며 치료를 받아온 게
사실이며, 아이가 힘들다고 하니 조퇴하는 게 맞지 않겠냐고
답할 수밖에 없었는데, 그러면 원칙주의자인 담임이 곧장 혀
를 차며 이렇게 충고하곤 했다.

"쯧쯧. 보경이가 그렇게 허약해서 어떡한대요. 그저께는 아
침부터 책상에 그냥 엎드려 있던데, 보양식이라도 잘 챙겨 먹
여야 하는 게 아닐까요. 이래서는 참 곤란해요. 보경이 어머
님, 고2가 얼마나 중요한 시기인지 모르시지는 않잖아요."

염세정은 학기 초반에는 아무래도 첫인상이 중요하다는 생
각에 나름 애써서 실상을 설명하려 들었다. 자기는 오래전부
터 건강한 식단을 꾸려오고 있으며, 딸이 계절성 알레르기를
앓는 것은 부계 쪽의 유전으로 인한 것이지 괜한 핑계가 아니
라고. 또 누구나 똑같은 상황에서 똑같은 인내심을 발휘하는

게 아닌 만큼 딸아이를 너그럽게 보아주시기를 부탁드린다면서. 하지만 같은 일이 되풀이되다보니 절반쯤은 체념하는 심정이 되어 "그러게요. 참 나. 아하하하" 웃어넘기고는, 학생들에게 신경써주시는 선생님을 만난 걸 복이라고 생각한다는 둥, 선생님이 고생이 참 많으시다는 둥 하는 영혼 없는 아부로 추임새를 넣게 되었다.

'내가 또 그걸 반복해야 한다니!'

염세정은 다음날 담임과 신경전을 벌일 일을 떠올리니 절로 한숨이 나왔다. 권보경이 그런 엄마를 곁눈질하더니 휴대폰을 쓱 내밀고는 갑자기 존댓말을 써가며 부드럽게 종용했다.

"그런데 엄마, 그전에 잊지 말고 우선 여기, 이 호텔에 먼저 전화해줘요. 엄마가 보호자라고, 동행할 거라고 이야기하고 예약하면 돼."

부소니호텔은 경포해변에서 가까웠고, 올해 오픈 삼 주년째를 맞는 곳이라 숙소 컨디션이 좋았다. 지난달 호텔의 인스타그램에는 '좋은 사람과 아름다운 가을 추억 만들기'란 테마로 삼 주년 기념 이벤트를 공지하는 글이 올라왔다. 호텔 홈페이지 게시판에 짤막한 기대의 글을 남기면, 스무 명을 추첨해 호텔 숙박권 등의 상품을 제공한다는 내용이었다.

원희지는 일찌감치 이 이벤트에 참여했다. 보고 싶은 친구와 가을날 이틀간을 부소니호텔에서 보내고 싶다고 살뜰히 적고서, 성인 보호자가 그 여정에 동행하리라는 말도 잊지 않고 덧붙인 뒤에 높은음자리표와 반짝이는 별 모양의 이모티콘을 넣었다. 호텔 2박 숙박권은 일등 상품으로 다섯 명에게 주어졌다. 이등 상품은 호텔 저녁식사권과 영화 예매권이었고, 삼등 상품은 호텔 로고가 프린트된 전동칫솔과 머그잔이었다.

원희지는 숙박권에 당첨되었다는 소식을 이벤트 담당자로부터 전해들은 날 깜짝 놀랐다. 그는 가끔 편의점에서 메이플 빵을 사곤 했는데, 빵 봉지를 뜯을 때마다 '팬텀' 스티커가 사은품으로 나오길 기대했지만 아직 그 스티커를 실물로 보지 못했다. '팬텀'은 하얀 수트를 입고 푸른 깃털이 달린 모자를 쓴 중성적인 도적 캐릭터의 명칭이었다. 그간 그가 두 번 이상 뽑은 캐릭터 스티커라면 오직 단 하나, 귀여운 '주황버섯'뿐이었다.

그는 온라인 쇼핑몰에서 여행 가방과 옷가지부터 둘러본 다음 권보경에게 전화를 걸었다.

"보경아, 너 강릉에 가본 적 있니?"

갑자기 맞닥뜨린 질문에 권보경이 배시시 웃으며 대꾸했다.

"없어. 왜?"

"우리 거기서 만날래? 재미있을 거야."

"여행 가자고? 정말로?"

"응. 너희 엄마 도움을 좀 받으면 어떨까 싶은데. 실은 그래야 가능하거든."

권보경은 이 뜻밖의 제안이 너무나 반가워서 손뼉을 치며 환호했다. 엄마에게 어떤 식으로 이야기를 꺼내면 좋을지는 좀 고민이 되었기에 그는 미루고 미루다가 더는 미룰 수 없는 날에 이르러 제 방에서 무릎을 꿇고 기도를 올렸다.

"모든 것을 주관하시는 하느님, 저와 제 친구 희지와 저희 엄마를 보살펴주세요. 제가 해야 할 말을 잘할 수 있게 도와주세요. 좋은 날씨가 이어지게 해주세요. 악마가 우리 사이를 방해하지 않게 해주세요."

이 기도는 전능한 신에게 올리는 것이었지만, 딸의 방 앞을 서성이던 불완전한 엄마에게 먼저 가닿았다. 염세정은 딸을 강건하게 키우고 싶었는데 결국 그렇게 하지 못했다는 깨달음이 솟아나 딸의 방문 앞에서 멈칫하며 당황했다. '해주세요'를 반복하는 딸의 목소리가, 그 미묘한 억양이 나약한 남편을 훔친 듯 닮아 있었다.

염세정은 남들 하는 만큼은 자식을 밀어주고 끌어주려고 주야로 바쁘게 살아왔다. 재작년까지만 해도 디자인 사무실에서 회계 일을 보면서 부업으로 영어 과외를 뛰었다. 대전에 사는 친정엄마에게 아이를 맡기고서 무능한 남편 몫까지 다 해내려고 안달복달했던 날도 있었다. 그런데 이런 엄마를 넘겨보면서 자라난 아이는 이제 어지간해서는 큰 목소리를 내지 않는 눈치 빠른 청소년이 되었다. 요사이 집밖에서는 허약한 체질로나 이목을 끄는 모양이었고, 제 외할머니에게서는 기도하는 습관을 물려받았다. 십대 초반에 대전에서 일 년 남짓 지내며 사귄 친구가 지금까지도 가장 친한 단짝인 걸 보면, 사실 가장 심각한 문제는 그게 아닐까 싶어 걱정도 되고 속도 상했다. 하지만 이 모든 걸 결함으로 여기고 곱씹을수록 입맛만 더 써질 뿐 이제 와 무얼 더 어쩌겠는가. 세월을 되돌려 꼬인 매듭을 다 풀어낼 수 있는 묘책이 있다면 또 모를까. 해묵은 일들로 새삼 속을 시끄럽게 만들어가며 밤을 지새울 수는 없는 노릇이었다. 이제 그에게 그럴 에너지는 없었다. 그래서 그는 그날 밤에 수면 유도제 한 알을 미지근한 물과 함께 꿀꺽 삼키고서 일찌감치 잠자리에 들었다. 다음날 딸이 '버킷 리스트' 운운하며 안 하던 말들을 방언 터뜨리듯 쏟아내고, 자기가 거기에 큰 저항 없이 말려들어 부소니호텔로 순순히 예약 전화를 넣게 될 줄은 꿈에도 모르고서.

*

원희지는 대전에서 고속버스로, 염세정과 권보경은 서울에서 KTX를 타고 강릉으로 움직였다. 그들은 부소니호텔 로비에서 오후 네시쯤에 모여 인사를 나눈 뒤에 곧바로 함께 체크인했다. 하늘이 청명하고 햇빛이 좋은 날이었다.

원래 염세정은 딸과 딸의 친구에게 같은 방을 쓰게 하고 자기는 같은 층에 있는 다른 방을 따로 예약하려고 했었다. 그런데 호텔측에서 오션 뷰가 끝내주는 삼 인실을 제공해줄 수도 있다며 새로운 선택지를 제시하는 바람에 셋이서 이 건을 놓고 영상통화로 잠깐 상의하는 시간을 가졌다. 그들은 결국 뷰가 좋은 삼 인실을 이용해보기로 했다.

염세정이 영상으로 먼저 만나본 원희지는 작고 귀여운 인상이었고 활달하게 말을 잘했다. 염세정은 보호자 역할을 부탁받은 입장이긴 했지만, 생각을 달리해보면 예민한 십대가 왕래도 없던 친구의 엄마에게까지 제 행운을 나눠준 것이기도 해서 원희지가 사사건건 예민하게 굴 수도 있으리라고 지레짐작했었다. 그런데 예상과는 달리 원희지 쪽에서 먼저 이렇게 말하고 나서며 그의 근심을 덜어주었다.

"걱정하지 마세요. 저는 싫은 거는 싫다고 솔직하게 말해요. 억지로 하는 건 아예 없어요. 제가 어렸을 때 빈집에서 혼자 지낼 때가 많았었기 때문에 이런 게 차라리 새로워요. 여행은 다른 시간을 살아보려고 하는 거잖아요. 책에서 본 말이에요. 저는 여행을 거의 못해봤는데도 그게 무슨 뜻인지 알아듣겠던데요."

염세정이 듣기에 그 말의 내용과 목소리, 발음 모두 거슬리는 데가 하나도 없었다.

첫날 저녁에 그들은 횟집에서 든든하게 식사를 마치고 경포해변에서 파도와 노을이 어우러지는 경관을 바라보았다. 염세정은 피곤하다는 핑계로 아이들을 바닷가에 남겨둔 채 먼저 호텔로 들어왔다. 객실 테라스에 테이블이 놓여 있었는데, 거기서도 바닷가 풍경이 한눈에 들어왔다. 그는 느긋하게 샤워를 하고 커피를 한 잔 내려서 테라스에서 천천히 마셨다.

정확히 무엇이 버킷 리스트인지 묻지 못했다는 생각이 그때 찾아들었다. 그저 친구와 바닷가에 오는 게 죽기 전에 꼭 해보고 싶은 일 중 하나일 리는 없었다. 무엇보다 죽음을 내다보며 오늘을 새로 쓰기에는 아이들이 너무 어렸다. 그는 기차 안에서 딸에게 들은 당부를 잘 염두에 두고 있었다. 꼬치꼬치 캐물으며 선을 넘는 질문은 되도록 하지 말라는 것이었다. 그쯤이야 어려울 게 없다고 자신했지만 이제 그는 헷갈리기 시작했다. 무엇이 선을 넘는 질문일까. 짜릿한 전류가 흐르는 위험한 선이 이 막연한 삼각관계 어디에 매복되어 있단 말인가?

'모르겠어. 내가 보호자를 자처하며 여기 와 무슨 이벤트를 감당하고 있는 건지 아까보다도 지금에 와 더 모르겠어. 이렇게 훌쩍 나이든 것도, 여전히 삶이 불편하고 원만하지 못한 채인 것도, 내 자식이 제 친구 손을 잡고서 자기들끼리만의 무엇을 존중해달라고 넌지시 눈치 주는 이 순간에 대해서도 어쩔 줄을 모르겠어. 다 모르겠어. 그런데 아무려나 자연은 예쁘기도 하다.'

그는 어렸을 때 구구단 7단을 자꾸 틀리게 외워 나머지 공부를 했던 일이 떠올랐고, 지금 회계를 보는 자기가 예전에 어떻게 그럴 수 있었는지 통 모르겠는 것처럼 그 옛날 교실에서 자기의 모자란 능력 때문에 막막해하던 그 꼬마가 지금의 자기를 통 모르고 있으리란 생각이 들었다. 그는 객실의 책상 의자에 놓인 원희지의 깨끗한 흰색 배낭을 가만히 바라보았다. 그러다 감기 기운이 느껴져서 딸에게 문자메시지를 남겨놓고 먼저 잠자리에 들었다.

다음날 세 사람은 낮에 깔깔거리며 많은 사진들을 찍었다. 솔숲 사이를 오갔고, 시장통을 걸었고, 바닷가로 나가 파도에 발을 적시고 모래 위에 손 그림을 그렸다. 염세정은 어떤 사진 속에서는 활짝 웃고 있었지만, 또 어떤 사진 속에서는 꼭 울 것 같은 표정이었다. 괜찮은 보호자 노릇을 해서 딸에게도, 또 사춘기를 잘못 보낸 그 운동 천재에게도 깊은 인상을 남기고 싶다는 충동이 순간순간 일어 그걸 잘 다스려야 했다. 자신도 다 헤아릴 길 없는 그 돌연한 욕망이 그를 부자연스럽게 만들었다.

그러다 염세정은 결국 그날 밤에 주워 담지도 못할 많은 말들을 했다. 사랑이 미움이 될 때, 신념이 고집이 될 때 그가 느꼈던 두려움에 관한 일화들이 입에서 그냥 저절로 흐르는 물처럼 쏟아져나왔다. 원희지와 권보경이 제법 어른스러운 태도로 경청하며 흥미를 보였기에 가능했던 일이었지만 그는 새날이 밝기도 전에 간밤의 일을 후회했다.

'주책바가지가 다 되었네. 어쩌면 좋아.'

그는 아침에 일어나자마자 자기 허벅지를 손바닥으로 찰싹 때리며 그 말을 두어 번 중얼거렸다.

하지만 그의 실언들, 세련되지 못한 태도와 말투, 방심하는 순간마다 어김없이 밖으로 튀어나오는 성격적 결함들, 초조함과 강박은 그만의 특별한 무엇이 아니므로 쉬이 잊히거나 간혹 누군가의 필요에 따라서 유머러스하게 미화될 것이었다. 염세정은 서울로 돌아오는 길에 그 점을 차츰 이해하며 수치심을 지워냈다. 정작 그가 제대로 기억하고 싶은 순간은 따로 있었는데, 예컨대 그의 허물없는 순간들에 대한 어떤 보답처럼 원희지가 미소와 함께 들려준 꿈 이야기 같은 거였다.

마지막날 다 같이 산책을 하던 중에 염세정이 원희지에게 왜 운동을 더 하지 않기로 했는지 물었다. 그때 갑자기 곁으로 바짝 따라붙은 딸이 그의 팔꿈치를 살짝 꼬집었고, 원희지가 뜻밖에 미소를 지으며 열한 살 때 화재 사고를 겪었던 이야기를 들려주었다.

"모르겠어요. 제가 그때 빨리 구조가 되어서 크게 다친 데
는 없었거든요. 방치된 채로 혼자 지냈는데도 저는 그렇게 결
정적인 순간에 제때 발견된 케이스였던 거예요. 의식을 잃고
구급차에 실려 병원으로 가던 중, 갑자기 정신이 번쩍 들면서
눈이 떠졌고, 상황이 이해되더라고요. 안도감이 막 밀려들면
서 잠도 막 쏟아졌지요. 그때 제가 꾼 꿈이 이런 거예요."

원희지가 지금도 생생하게 기억하고 있는 꿈속 첫 장면은
텅 빈 야외 축구장의 잔디밭에서 자신을 신경학자라고 소개
한 켄터키대학의 브라이튼 교수와 한국말로 통성명한 것이었
다. 브라이튼 교수는 그 축구장 부지에 생명공학 연구소가 들
어설 예정이라고 이야기해주었다. 원희지는 처음 보는 사람
에게서 뜻밖의 정보를 얻게 된 게 신기해서 입이 저절로 약간
벌어졌다. 하늘에는 먹구름이 낮게 깔려 있었다. 콧수염과 턱
수염을 짧게 기른 브라이튼 교수는 푸른 눈동자에 체격이 컸
고, 짙푸른 트렌치코트 차림이었으며, 유리 원통 하나를 왼쪽
겨드랑이에 끼고 있었다. 원희지는 얼핏 그 유리통에 산호초
가 담긴 걸 본 듯해 호기심을 드러냈다. 그러자 브라이튼 교
수가 그에게로 유리통을 내밀어 보이며 한때 이웃이었던 열
두 살 소년의 오른손을 운반중이라고 대답했다. 원희지가 다
가가 살펴보니 투명한 용액에 정말로 사람의 손이 담겨 있었

다. 절단된 손목 바깥으로 혈관과 신경 다발이 비죽비죽 나와 있는 게 보였다.

"사고가 났나요?"

원희지가 창백해진 낯빛으로 묻자 브라이튼 교수는 고개를 한 번 끄덕이고는, 그렇더라도 그 손은 본래 모습대로 완벽하게 팔에 접합될 것이고 소년은 전보다 예민한 촉각을 지니게 되리라며 미소 지었다. 브라이튼 교수는 소년의 이름도 친절하게 알려주었는데, 그때 잔디밭 위로 헬기 한 대가 내려앉았기에 소년의 이름은 소음에 묻히고 말았다.

그다음 장면은 비약하여 두 사람은 어느새 헬기를 타고 하늘을 날고 있었다. 조종석이 빈 채라 원희지는 가슴이 철렁 내려앉았으나 이내 누군가가 어딘가에서 헬기를 원격 조정하고 있으리라고 유추하며 상황을 받아들였다. 그들은 난기류 속에서 어떤 섬으로 이송되는 중이었다. 브라이튼 교수가 편치 않은 여정이 되리라면서 원희지에게 잠시만이라도 유리통을 들어줄 수 있겠냐기에 그는 얼른 그걸 넘겨받았다. 그제야 그는 그 유리통이 매우 차갑다는 걸 알아챘다. 소름이 오스스 돋고 몸이 파르르 떨렸다. 브라이튼 교수는 분위기를 부드럽게 풀어주려고 추억을 소환했다. 그는 케이팝을 좋아했던 옛 애인 덕분에 자기도 덩달아 한국말을 깨우치게 되었다면서, 이제 서른여섯이 되었을 옛 연인과 연인의 엄격한 어머니가 언젠가는 가벼운 발걸음으로 한국에 놀러올 수 있도록 어여쁜 초대장을 만들어 보낼 계획이라며 너스레를 떨었다.

"우리 사이에 몇 가지 지독한 오해가 있긴 했지만, 다 지난 일이니까요."

헬기가 흔들리더니 갑자기 두 바퀴 회전했다. 원희지는 외마디 비명을 지르며 두 눈을 꼭 감았다. 그는 공포감을 떨치려고 브라이튼 교수가 언급한 지독한 오해란 무엇일까 하는 질문을 구조 로프처럼 붙잡았다. 지독한 비행의 곤란함과 곤혹스러움, 공포에 견줄 만한 그릇된 이해겠지. 그릇된 이해. 헛발길질 같은 이해. 그는 유리통을 심장 가까이 힘껏 끌어안았다.

기체의 떨림이 잦아들었다. 그는 과연 무사히 착륙할 수 있을지, 브라이튼 교수가 자기를 어디까지 인도할 수 있을지 궁금해하며 눈을 떴다. 헬기는 이제 에메랄드빛 바다 위를 날고 있었다. 브라이튼 교수가 그를 돌아보며 눈웃음을 지었다.

염세정과 권보경은 강릉에 모여들 때와 같은 교통수단을 이용해 원희지와 멀어졌다. 서울로 돌아오는 기차 안에서 권보경은 이어폰을 귀에 꽂은 채 제 엄마 곁에서 곤히 잠이 들었다. 염세정은 잠든 딸의 모습을 가만히 보며 속으로 속삭였다.

'얘, 네 친구 그애가 내게 자기가 아는 우정에 대해서 이렇

게 말했지.'

그는 원희지의 모습을 떠올렸고, 사람과 사람이 이어지는 타이밍에 대해서, 가을이 짧은 것에 대해서 생각하며 잠시 우수에 잠겼다.

"제 꿈 얘기 참 우습죠? 안 웃기세요? 그 꿈을 생각하면 전 지금도 웃음이 실실 나거든요. 화재에 대한 트라우마 같은 게 저한테 거의 없어요. 제가 그날 병원 밖으로 나오면서 야, 오늘이 진짜 내 생일이다. 하고 생각했으니까요. 보경이는 그때 제 걱정을 하도 많이 했는지, 외려 보경이가 그 일 이후로 심약한 상상을 심각하게 하고 그러죠. 그래서 제가 애한테는 평생 애프터서비스 하려고요. 곽보경 전담 웃음 전도사로 틈틈이 활약하는 게 제 야심 찬 버킷 리스트예요. 며칠간 같이해주셔서 정말 감사합니다."

모든 이의 모든 것

1

실업급여 상담 창구 앞에서 번호표를 들고 내 차례를 기다리는데, 애리자 언니에게서 전화가 왔다. 그녀, 애리자는 자기가 막다른 골목에 다다랐다고 얘기했다.

"그러니까 네가 나 좀 도와줘야지."

"내가요? 갑자기? 아니, 언니, 여보세요, 나 지금 여기 어디냐면……"

나는 마음이 약하고, 귀가 얇고, 머릿속이 자주 꽃밭인 사람이다. 내 상상의 정원에서 무슨 일이 일어나는지 볼 수 있는 자가 있다면 수시로 웃음을 꾹 참으며 고개를 절레절레 흔들

것이다. 대책이 없군요, 그러다 후회해요, 그렇게 충고하고 싶어질 것이다. 나는 오 년 만에 전화해서 내게 얹혀 지내려고 부탁하는 사람에게 도리어 내가 그를 실망케 하면 어떡하나를 걱정하기 시작했다. 안방 침대 위에는 아침에 내가 벗어놓은 옷가지들이 어수선한 모양새로 널브러져 있을 것이었다. 싱크대 개수대 안에는 설거지해야 할 접시와 과도가, 냉장고 안에는 유통기한이 지난 우유팩과 영양제 몇 통이 김빠진 스프라이트 페트병과 어우러져 있을 것이었다. 이 모든 것을 가감 없이 보여주기에 애리자 언니는 아무런 거리낌이 없는 대상인가? 아무래도 그렇지 않았다. 하지만, 하지만, 나는 언니의 '막다른 골목'이라는 표현이 마음에 들었다.

"알겠어, 언니야. 정 그렇다면……"

집에 돌아오니 언니가 먼저 도착해 아파트 공동 현관 앞에서 있었다. 언니는 환하게 웃음 지으며 참외와 복숭아 한 봉지씩을 내게 건넸다. 언니의 여행 가방이 생각했던 것보다 큰 것에 나는 적잖이 놀랐다.

막상 집안에서 언니를 대면하고 있자니 현타가 왔다. 우리의 지난 인연에는 공백이 너무 많구나, 뒤늦게 후회가 되어 주뼛대고 있는데 다행히도 언니가 먼저 나서서 분위기를 풀어주었다. 언니는 어느 밤무대에서 환호받았다던 고음 바이브레이션을 선보였다. 두 팔을 허공에 치켜들고서 마치 굉장한 광경을, 이를테면 장대한 폭포나 은하수 별천지 같은 것을 그 혼자만이 백배로 느끼는 듯 과장된 표정으로. 나는 그 모습이 신기해서 입을 틀어막고 소파 위를 뒹굴었다. 그렇게 웃고 즐기다 보니 어느 틈에 소파 위에서 잠들게 되었다. 언니는 아마도 '그렇다면 내가' 하며 안방 침대를 차지하고 누웠을 것이다. 새벽녘에 우리는 차례로 깨어나 냉장고에서 캔맥주를 하나씩 꺼내 마셨다. 그러고서 나는 거실 바닥에 대자로 누웠고, 언니는 소파 위에 올라앉아 잠깐 텔레비전을 봤다. 이튿날 아침 눈을 떴을 때 나는 안방 침대 위에 엎드린 채였고, 언니는 거실 바닥에 몸을 동그랗게 말고 모로 누운 채였다. 언니는 먼저 일어난 내가 일으키는 소음들, 부스럭부스럭, 슉슉슉, 쿡쿡, 콰콰, 윙윙윙 소리에도 별로 반응하지 않았다.

아침식사를 마치고 나서 나는 이력서를 몇 장 썼다. 지난 직장생활에서의 부정적인 경험들, 예컨대 나쁜 소문을 뿌리고 다니던 경쟁자에게 치인 일, 윗사람에게 충성하느라 부하 직원들을 생고생시키던 상사 밑에서 위염을 달고 살았던 것, 협력업체 사장으로부터 은밀한 한밤 드라이브를 제안받았던 순간 등을 나라는 사람으로부터 분리해내고자 애썼다. 내가 무리에 섞여들 때 얼마나 긍정적이고 진취적인지, 또 겸손한지에 대해서, 듣는 이의 비위에 거슬리지 않도록 최대한 차분히 서술해냈다.

오후 세시쯤 되어서는 잊지 않고 삼십 분 간격으로 영양제를 한 알씩 삼켰다. 칼슘, 오메가3, 루테인, 미네랄. 그리고 난 뒤 샤워를 마치고 화장실에서 막 나오는 언니를 내 곁에 불러 세웠다.

"여기서 지내려면 날 좀 도와줘야 해요. 요즘 허리띠를 졸라매고 눈치보며 산다고요."

애리자 언니는 푸른 타월을 머리에 두른 채로 내 뒤로 다가와 허리를 끌어안았다.

"졸라매기 전에 다이어트가 시급하다, 얘."

언니는 무선 청소기를 들고 집안을 돌아다니며 구석구석에 낀 먼지 한 톨까지 깨끗이 청소했다. 나는 플레인 요구르트에 복숭아를 작게 썰어 넣어 언니와 나누어 먹었다. 날이 좋아서 우리는 광합성하는 식물처럼 팔층 발코니 밖으로 고개를 뺐다. 택시 한 대가 미끄러져 들어와 노부부를 내려주고 떠나는 광경이 보였다. 길 맞은편 피자집 앞에서는 남학생 두 명이 서로의 목을 조르는 시늉을 하며 장난치고 있었다. 언니가 옅은 한숨을 내쉬었다.

"어젯밤 꿈에 말이야."

언니는 어젯밤 꿈속에서 낯선 두 신사를 따라 고급 세단에 올라탔다. 그런데 길이 구불구불 이어지고 밤이 어둑어둑해지더니 세단은 어느새 트럭으로 바뀌어 있었고, 두 신사도 그저 그런 놈팡이가 되어 언니의 주머니를 털었다. 언니는 구불구불한 길을 맨발로 절룩이며 돌아 나왔는데 마침 거기서 나를 만났다. 그런데 나는 언니를 싹 무시하고 으리으리한 저택으로 혼자 들어가서는 그곳의 푸르른 수영장에 풍덩 뛰어들었다는 거였다.

"힝. 개꿈이네."

나는 그렇게 중얼거리며 발코니에서 거실로 들어왔다. 언니는 여전히 밖에 서서 나지막이 노래를 불렀다. 나도 주방에서 저녁밥을 지을 쌀을 씻으며 막 떠오른 노래 한 곡을 흥얼거렸다.

"옛날부터 전해오는 쓸쓸한 이―말이 가슴속에 그―립게도 끝없이 떠오른다. 구름 걷힌 하―늘 아래 고요한 라―인강."

라인강엔 근처에도 가보지 못했는데, 하는 잡념이 끼어들어 노래를 그만 멈추었다. 컴퓨터를 켜고 이력서가 제대로 발송되었는지, 되돌아온 것은 없는지 이메일을 확인했다.

2

지난주엔 총 여덟 군데에 이력서를 보냈다. 최선을 다했다고는 할 수 없었다. 이번주에 그중 세 군데서 면접을 보러 오라는 회신을 받았다. 망설이다 한 군데에는 가지 않았고, 한 군데는 다녀왔으며, 나머지 한 군데에는 내일 가볼 예정이었다. 날씨가 갑자기 무더워져서 무슨 옷을 입고 면접을 봐야 할지 고민이 되었다. 내가 옷장을 뒤적이는 동안, 애리자 언니가 거실에 앉아 여기저기 전화를 돌렸다. 언니는 자기 집 가계도가 복잡하다고 얘기해준 적이 있었는데, 그래서인지 친척들이 전라도, 제주도, 경상도, 경기도에 흩어져 살았다. 개중에는 언니가 한창 이야기보따리를 풀어놓는 중에 툭, 전화를 끊어버리는 이도 있었다. 그래도 언니는 기죽지도 지치지도 않고서 여기저기 전화를 걸어 빚지고 살아가는 자기의 딱한 사정을 털어놓았다. 신변잡기 근황을 변주해 줄줄이 늘어놓는 언니는 수완이 무척 좋아 보였다. 나는 언니가 내게 전화를 걸어 '막다른 골목'이라고만 짧게 표현했던 데에 뒤늦게 좀 찜찜한 기분이 들었다. 왜지? 왜 좀더 공들여 하소연하지 않았지? 내가 그렇게 쉬운 사람으로 느껴졌나? 그런 사람이 아니란 걸 보여줬어야 했나? 그러나 이런 생각들은 그저 흘러가게 두는 것이 좋았다. 내게 당장 필요한 일은 여름 정장 몇 벌을 골라내 다림질해두는 것이었다. 나는 괜찮은 옷 몇 벌을 골라 거실로 가지고 나가서는 통화하는 언니 옆에 쭈그리고 앉아 다림질을 시작했다. 언니는 지난 시절의 향수에 관해 표현하고 싶은 것 같았다. 어떤 여름낮의 일화 속에서 그는 사촌동생을 업고 밭일을 도왔고, 나물을 캤고, 똥강아지 세 마리를 목욕시켰다. 어떤 겨울밤의 일화 속에서는 교내 합창 대회의 지휘자로 나섰다. 그의 반 학생들은 자유곡으로 유재하의 노래를 불렀다. 나는 잘 펴지지 않는 바지 주름과 씨름하느라 얘기에 온전히 집중하지 못했다. 그러다 언니가 사귀다 헤어진 연하남, 이혼남, 아픈 놈, 못난 놈, 실없는 놈 등등의 '놈놈놈 시리즈'를 꺼냈을 때 잠깐 귀가 활짝 열렸다. 그 많은 연애담과 고생담과 희망의 연가 중에 어떤 이야기가 진짜 절실하고 진실한 것인지는 알 수 없었다. 언니는 통화를 모두 끝내고 나서는 마치 하루 수금을 마치고 온 수금원처럼 '제주 감귤 한 상자, 열무김치 한 통, 유기농 화장품 세트, 토종 벌꿀 한 단지'라고 적은 메모지를 내게 넘겼다. 그게 전부 언니와 통화를 마친 지인들이 언니가 당장에 바짝 기운을 차리도록 기꺼이 응원하는 마음으로 보내주기로 한 상품들이라는 거였다. 나는 다림질하던 손을 멈추고 입을 벌리고서 언니를 쳐다봤다. 언니는 된장을 푼 뚝배기에 호박과 감자, 두부를 썰어 넣고 찌개를 끓이기 시작했다.

"언니는 진정한 능력자구나. 나한테 한 아쉬운 이야기는 죄다 엄살이었네."

내 말에 언니가 말없이 싱그럽게 웃었다. 우리는 식후에 치아를 닦고, 치아를 닦은 후엔 목이 칼칼해서 캔맥주를 따 마셨고, 다시 치아를 닦는 것은 잊어버린 채로 잠들었다.

다음날, 광화문에 있는 한 무역회사에서 면접을 봤다. 이름에 '스타' 자가 들어가는 그 회사는 내년 상반기에 꽤 큰 규모의 국제 콘퍼런스에 참여할 예정이었다. 면접은 오전 아홉시부터 오후 다섯시까지로 잡혀 있었고, 내가 배정받은 시간에는 소회의실 문밖에서 나를 포함한 아홉 명이 대기중이었다. 면접은 한 번에 세 명씩 들어가서 봤다. 나는 긴장하면 나도 모르게 약간의 쇼맨십을 발휘하곤 했으나, 그렇더라도 주의를 끌지 말아야 할 타이밍에까지 쇼하는 타입은 아니었다. 한 면접관이 영어로 몇 가지 공통 질문을 했고, 또다른 면접관이 지원서를 훑어보며 개개인의 특장과 성격을 탐색하고 또 재확인했다. 여태 과묵하게 자리를 지키고만 있던 또다른 면접관이 내 옆의 남자에게 마지막 질문을 던졌다.

"회사에 궁금한 것이 있나요?"

남자는 양손으로 머리칼을 두어 번 번갈아 쓸어 올리더니, 연봉과 보너스, 직원 복지에 관해 물었다.

면접을 마치고 나와 화장실에서 손을 씻었다. 세면대 옆에 놓인 비누가 물비누가 아니라 장미향이 나는 분홍색 고체형 비누인 게 조금 인상적이었다. 나와 함께 면접을 봤던 여자가 화장실 문을 열고 들어오더니 거울 앞에 서서 한숨을 내쉬었다.

"아휴!"

내가 돌아서서 젖은 손을 건조기에 집어넣고 말리고 있는데, 그가 다가와 생리대가 있느냐고 물었다. 나는 아직 물기가 마르지 않은 두 손을 건조기에서 빼내고는 핸드백에서 생리대 하나를 꺼내 건넸다. 그는 "땡큐!"라고 굳이 영어로 말하고 변기 칸에 들어갔다. 오줌 싸는 소리가 들려왔다. 이런 상황을 인간적이라고 하는 사람들도 있겠지만, 나는 잠시 자그마한 사물이 된 듯한 기분에 휩싸였다.

건물 밖으로 나가 횡단보도 앞에 섰을 때, 나와 함께 면접을 봤던 남자가 내 하이힐 소리에 반응한 건지 고개를 돌렸다. 나는 햇빛에 눈을 찡그린 남자를 향해 뭐라고 말을 건네야 할지 몰라 시선을 다른 데로 피했다. 광화문 일대가 아주 좁게 느껴졌다. 때마침 신호등이 초록색으로 바뀌어 남자는 얼른 길 저쪽을 향해 뛰었다. 이쪽으로 천천히 걸어오던 한 젊은 여성이 남자와 어깨를 부딪치고는 남자의 뒷모습에 대고 눈을 흘겼다.

근방의 샐러드 바에 들어가 참치샌드위치와 핸드 드립 커피를 주문했다. 자리에 앉자마자 애리자 언니한테 전화가 왔다. 언니는 이 넓은 서울 바닥에서 옛 초등학교 동창을 만났다며 수다를 떨었다.

"이거는 거의 기적이야!"

언니가 놀라운 기적에 관해 이야기하는 동안 나는 내가 먹고 있는 참치 살이 어느 바다를 유영하던 활기찬 생명이었을까 상상했다. 그것이 내가 슬픔을 달래는 방식이었다. 그러니 좀더 최선을 다해 내가 아직 만나보지 못한 세상의 많은 기적과 파도, 거대한 해양 생물들, 원양어선에 대해서도 더 상상할 필요가 있었다. 옆자리에 나처럼 혼자 앉아서 내가 시킨 것과 비슷한 종류의 샌드위치를 먹고 있던 안경 쓴 여학생이 있었다. 그가 가게 맞은편 휴대폰 대리점 앞에 엎드린 얼룩 고양이에게 손을 흔들었다. 고양이가 사뿐히 일어나며 꼬리를 세웠다. 나는 안경 쓴 여학생을 돌아보았고 여학생도 나를 돌아보았다. 우리는 수줍게 눈웃음을 교환했다.

"걔는 트럭을 몰고 과일이랑 채소를 팔러 다녀. 나도 이따 그걸 팔 거야."

"뭐라고? 잘 안 들려."

"나 그 친구랑 이따가 채소 팔 거라고."

언니가 초등학교 동창을 통해 부지불식간에 맞닥뜨린 기적을 채소 파는 일로 이어가려고 하던 그때, 나는 또 한 통의 전화를 받았다. 강여사, 바로 내 엄마에게서 온 것이었다. 나는 언니와 전화를 끊고 통화 버튼을 눌렀다. 강여사가 조심스럽게 목소리를 깔고 말했다.

"너 오늘 면접이었다면서?"

"어떻게 알았어요?"

212

"집에 들러봤더니 웬 여자가 너 면접 보러 갔다더라."

"잘 봤어요. 잘 봤어."

"정장 입었니?"

"그럼 청바지 입었을까?"

"알았으니깐 집에 좀 들러라."

"왜요?"

"내가 죽을 거 같다."

"지금?"

전화가 툭 끊어졌다. 애리자 언니에게 다시 전화를 걸려 했는데, 언니가 '택배 찾아가라고 경비실에서 연락이 왔다'는 문자를 보내왔다. 그 물건이 내가 이틀 전 주문한 여름 홑이불인지, 아니면 제주 감귤이거나 열무김치, 유기농 화장품 세트, 혹은 토종 벌꿀인지는 미처 묻지 못했다.

내가 부모님 집에 들어선 것은 오후 다섯시 정도 된 시각이었다. 아빠는 일부러 자리를 피해주려고 그랬는지 밤늦게나 귀가할 예정이라고 엄마가 말했다. 아빠가 내게 자주 하는 당부는 팔십 퍼센트 이상이 먹는 것과 관련된 이야기였다. '든든히 뿌리내리지 못한 사람은 항상 배가 고프다. 잘 챙겨 먹고 다녀라.' 그러면 나는 격려받은 거란 사실을 잘 인지하면서도 이상한 모욕감을 느끼는 괴로운 상태가 되곤 했다.

강여사는 곧 집에 모시게 될 손님들이 무척 점잖은, 모난 데 없이 반듯한 유쾌하고 밝은 사람들이라면서, 그런 사람들끼리 만나 대를 이어간다는 건 의미 있는 일이라고, 나 같은 게 무시할 만한 일이 전혀 아니라고 강조했다.

"그러니 너도 자연스럽게 인사를 나누면 좋겠지."

그건 다시 말해 어느 이상적인 집안의 장손이 자기 어머니를 차에 태워 이곳으로 온다는 소리였다.

"그러시든가요."

나는 약간 흥분하여 소프라노로 소리쳤다. 강여사는 혹시라도 내가 무슨 주접이라도 떨까봐 근심하는 모양이었다. 내가 이렇게 둘러대놓고 홀연히 사라져 어디 숨어버릴 게 분명하다고 지레 불평도 했다. 강여사는 내게 특출한 재능이라곤 남자 낚는 재주를 포함하여 깨끗이 없고, 고만고만한 사회생활이라도 뻔뻔히 하는 재주마저 없는 것 같으니 자기 울타리를 가꿔갈 가정적인 남자를 만나야 구제받을 인생이라고 단언했다. 죽을 것 같다던 엄마를 구제하고 나 자신을 구제하는 일이라는 게 사모님을 모시고 오는 부유한 젊은 남자를 만나는 것뿐이라니 구차스러웠다. 나는 소극적인 반항의 방법으로 느리게 하품을 했다. 소파 쿠션이 얼굴 쪽으로 날아왔다. 나는 운동신경이 아주 좋은 편이라서 그리 좋아하지 않는 정장 바지를 입고도 왼쪽 발을 높이 들어올려 쿠션을 차버렸고, 날아간 쿠션이 하필 거실 한 면을 차지하고 있던 우리 가족사진 액자를 정통으로 맞혔다.

"얼씨구."

어이없어하는 강여사를 뒤로하고 나는 화장실로 들어가 애리자 언니에게 전화를 넣었다.

"언니야, 나 좀 구해줘."

하지만 언니는 벌써 초등학교 동창의 야채 트럭에 올라타 손님들을 끌어모으는 중이라 누굴 구해주고 말고 할 형편이 전혀 못 되었다.

"시든 애호박도 구할 수가 없는 형편이거든, 지금 내가."

언니는 미안하다면서 밤이 늦어지기 전에 채소를 처분하면 친구랑 옛 얘기라도 하면서 드라이브를 하기로 했으니 그때 내가 붙들려 있다는 조사장의 집 앞으로 나를 데리러 오겠다고 했다. 나는 쉽게 찾아올 수 있는 길을 일러줬다.

"그래그래. 참, 근데 조사장이 누구니?"

"내가 은혜 입은 어른이야."

"너보고 은혜 갚으라니?"

"아니, 피해만 끼치지 말래. 강여사가."

"강여사는 또 누구니?"

"조사장 부인."

"에? 너 무슨 사고를 친 거니? 응?"

내가 뭐라고 대꾸를 하려고 하는데 강여사가 화장실 문을 벌컥 열고 들어와 내 등짝을 후려쳤다. 나는 전화를 끊고 강여사를 쳐다봤다. 그리고 화장실 거울 앞에서 머리칼을 매만지고, 옷차림도 얌전하게 가다듬고서 거실로 나갔다.

엄마는 싱가포르로 파견 근무를 나간 아들과 며느리가 내년 이맘때까지 그들의 거처를 내게 내준 걸 두고두고 못마땅해하며 푸념했다. 하지만 오빠와 새언니는 자기들의 신혼집인 그 아파트를 내게 잠시 내준다는 사실에 별 의미도 부담도 두지 않았다. 두 사람의 새로운 관심사는 싱가포르의 관광지와 날씨, 쇼핑, 2세 계획이었다. 그들은 사이가 좋은 편이었고, 세상에 어쩔 수 없는 일이란 천재지변 정도뿐이라는 낙천성을 공유하는 소공동체였다. 이것이 내가 그들과 잘 어우러져 지내다가도 갑자기 서먹해지곤 하는 이유였다.

"니가 누굴 닮아 그 모양인지 모르겠다."

나도 궁금했다. 내가 누군가의 실패작이거나 농담인지, 아니면 그냥 인생이 원래 이토록 굽이굽이 시험에 드는 일이며 허랑한 것인지. 내가 뭘 잘못했는지 뚜렷이 자백할 수 없는데도 자책해야만 하는 이런 상황은 뭔지. 그러나 나는 어차피 거창한 구원을 기다리기보다는 야채 트럭을 기다려야 했다. 애리자 언니, 노래를 부르며 와줬으면. 강여사가 화장대 앞에서 시간을 보내는 동안 나는 냉장고 옆에 쭈그리고 앉아 포도주를 반병 마셨다.

3

"자신의 뭐가 제일 맘에 안 들어요?"

손님들이 거실 소파에 앉아 환담을 주고받는 동안 나는 마당에서 박사님과 예의를 갖춰 대화하고 있었다. 긍정의 화법을 사용하는 대신 부정적인 주제를 물고늘어진 것은, 내가 이 대화를 별로 오래 끌고 갈 의지가 없는데다가 박사님의 말주변도 별로 신통치 않아서였지만, 박사님은 멀쩡하기만 한 얼굴로 웃었다. 박사님의 이름은 정호. 고요하고 넓다는 의미를 지녔다.

"거짓말 잘하는 거요."

고요하고 넓은 정호씨의 대답에 나는 놀라는 체했다.

"실은 박사 아니고, 수료만 했거든요."

"네, 그러시군요."

"뭐 그쪽은 어떠신데요?"

"전 가만있으면 중간은 갈 텐데도 속이 뒤틀려서 내숭을 못 떠는 거요. 싫어도 좋아도 포커페이스가 절대 잘 안 되고요. 인생의 커다란 마이너스죠."

"난 그런 사람 좋은데. 그렇다고 같이 살긴 뭐 그렇고요. 저, 싫지 않으면 한번 같이 자볼까요?"

이제 더는 흥미로운 체할 수 없는 질문을 받고, 나는 미룰 수 없는 답변을 했다.

"그쪽이랑 땀 흘리기가 싫네요."

집 앞으로 야채 트럭이 다가오고 있었다.

"어머, 제 손님들이 와요."

나는 문 쪽으로 달려나갔다. 집안에 두고 온 핸드백이 마음에 걸렸지만, 그걸 가지러 안으로 도로 들려니 골치가 아팠다. 나는 트럭의 짐칸에 올라타고서, 고요하고 넓은, 거짓말을 잘 하는 박사과정 수료자와 내 부모의 집과 마당을 향해 손을 흔들었다. 박사님이 팔짱을 끼고 하하 웃어 보였다.

"누구시니?"

짐칸에 올라타 있던 애리자 언니의 물음에 대답하기 싫어서 좀 의기소침해졌는데, 그저 와인 탓인지도 몰랐다. 내가 코를 훌쩍거리자 언니가 짐칸에 남아 있던 시든 상추들을 한 귀퉁이로 몰아 치워주었다. 어느새 운전석에서 짐칸 쪽으로 온 애리자 언니의 동창이 난감해하며 내게 말했다.

"아이고, 미안합니다."

뭐가 미안한지 몰랐지만, 그는 내게 미안해했다. 나는 아니라고 대꾸했다. 뭐가 아닌지 몰랐지만, 아니라고 두 번, 세 번

강조했다. 언니가 그만 됐다고 말하자 언니의 동창이 다시 운전석으로 가 앉았고 트럭을 출발시켰다. 언니와 나는 짐칸, 약간 시든 야채들 사이에 있기로 했다.

트럭은 보통의 속도로 달려 한강 근처에 닿았다. 우리는 캔맥주와 포테이토칩을 사서 강이 바라보이는 벤치에 일렬로 앉았다. 우리의 시야 저만치로 도심의 빌딩들이 바라보였다. 불빛들이 아름다워서 물위를 걸으면 종내엔 반짝이는 데 가닿고 나도 더불어 반짝일 수 있을 것만 같았다. 내가 그 얘기를 했더니 언니가 나를 보고 헛소리를 아주 대놓고 한다고 타박했다. 정장 차림이라 불편했다. 나는 바짓단과 블라우스 소매를 걷어올린 뒤 블라우스 단추도 몇 개 풀었다.

"올해는 장사에 재미를 못 봤어."

언니의 동창이 맥주를 한 모금 꿀꺽 삼키고는 말했다.

"난 화려하게 지내."

언니가 그렇게 말하고는 느닷없이 깔깔 웃었다.

"가끔 꿈을 꾸는데……"

이어서 언니가 말한 꿈 이야기는 나도 아는 것이었다. 그러니까, 언니가 낯선 두 신사를 따라 고급 세단에 올라타고, 길이 구불구불 이어지고 밤은 어둑어둑해진다. 세단은 어느새 트럭으로 바뀌고, 두 신사도 그저 그런 놈팡이가 되어 언니의 주머니를 턴다. 언니는 노래를 부르며 구불구불한 길을 돌아 나오는데 마침 거기서 누군가를 만나 어디 들어가서 맥주를 한잔 마신다. 나는 그 꿈 이야기의 뒷부분이 조금 바뀌었다는 걸 알 아챘지만, 지적하지 않고서 가만가만 고개만 끄덕거렸다.

"그 트럭이 내 트럭 같은 거냐?"

언니의 동창이 맥주 캔을 눌러 구기면서 물었다. 화를 낸 건 아니었다. 다 마신 캔을 구기는 건 그냥 그의 습관인 듯했다.

"아니야, 네 트럭이 훨씬 좋다."

우리는 웃었다. 최고급 승용차에 우릴 태워 종내엔 주머니 를 털어가는, 그저 그런 그 신사 놈팡이들은 누굴까. 맥주를 팔아치워야 하는 맥주회사 사장일까.

언니가 포테이토칩을 씹고, 언니의 동창이 내 맥주 캔을 뺏 어가 마저 마시고, 나는 만취한 것도 아니면서 주정하듯 상상 의 트럭을 몰아보겠다고 핸들을 돌리는 시늉을 자꾸 했다. 아 니면 그러자고 마음먹자마자 내 의식이 저절로 희미해지면서 손이 신나게 돌아간 건지도 몰랐다.

"미쳤냐? 미쳤어?"

언니의 동창이, 내게 처음에는 미안하다고 말했던 바로 그 애이자 언니의 동창이 이제는 나를 보고 미쳤냐고 소리쳤다. 상상의 트럭은 끄떡도 안 했지만, 내 몸은 들썩거렸다.

4

눈을 떴을 때 나는 내 오빠와 새언니의 신혼집 침실에 웅크리고 누워 있었다. 어느덧 밤이 깊어 있었다. 언니가 낮에 택배로 온 꿀단지를 개봉했다면서 내게 꿀물이 찰랑대는 유리잔을 내밀었다.

"넌 고작 맥주 그거에도 왝 가는구나."

나는 그렇지 않다고 대꾸했다.

"그전에 와인도 상당히 마셨거든."

언니가 별말 없이 고개를 저었다. 나는 유리잔을 받아들고 일어나 침대에 걸터앉았다. 언니는 밝은 엘이디등 아래서 화장을 지웠다. 그때의 언니 모습이 이제껏 내가 본 중에 가장 나이들어 보였다. 언니는 손가락으로 머리칼을 쓸어 올려 하나로 묶고는 가만히 벽 모서리에 가 기대앉더니 생각에 잠겼다. 나는 눈을 깜박이며 언니를 쳐다봤다. 언니는 나보고 다시 자라고 하면서 불을 끄고 거실로 나갔다.

이튿날 아침 눈을 떴을 때, 애리자 언니와 언니의 여행 가방이 보이지 않았다.

오전이 지날 무렵 '스타' 자가 들어가는 무역회사의 담당자로부터 전화가 왔다. 언제부터 출근할 수 있는지 확인하는 전화였다.

오후에는 강여사가 집에 없을 시간에 맞춰 집으로 갔다. 거기 두고 왔던 내 핸드백을 도로 챙겨 나왔다. 언니가 내 핸드백이 이쁘다고 했던 게 떠올랐다. 말이 나왔을 때 그냥 선물로 줄걸 싶어서 시무룩해졌다. 저녁 무렵에는 내가 머무는 집이 막다른 골목이 아니라 남의 신혼집이라는 사실을 각성하며 반성하는 자세로 집안 정리를 했다. 행주를 삶고, 음식물 쓰레기를 치웠다. 거실 유리창과 화장실 거울에 난 손자국들을 뽀득뽀득 닦아냈다. 언니에게 미안하고 고맙다고, 좋아한다고 말하고 싶었다.

나는 언니에게 전화를 걸었다.

"언니! 나야, 동령이."

언니는 메모를 남기고 나왔는데 보지 못한 거냐고 물었다. 나는 애매하게 대답을 흐리며 휴대폰을 들고 선 채로 책상 위 여기저기를 뒤적여보았다.

"없는데. 안 보여."

언니의 필체가 남아 있을 종이를 끝내 발견하지 못했다. '스타'사에서 온 전화를 받으며 낙서를 한 종이가 있었는데, 언니가 그 뒷면에 적은 게 아닌가 싶었다. 아마도 그 종이는 내가 청소하다 버린 것 같았다.

"야, 정말 고맙다."

언니가 말했다.

"무슨, 뭐가, 왜?"

내가 딸꾹질하듯이 대꾸했다.

"다. 전부, 다. 너도 언제 힘들 때 나 일하는 데로 네 친구랑 놀러와. 묻지도 따지지도 않고 내가 잘 알아서 모실 거야. 하나부터 오만 삼천삼백스물두 개까지."

언니가 다시 노래하게 된 곳은 대전의 '선샤인클럽'이라고 했다.

"……잘된 거지?"

언니는 꼭 그렇지만도 않다면서, 실은 성대를 다쳐서 앞으로는 뭘 부르든 전만큼 하지 못할 게 분명하니 틈틈이 사회 보는 걸 연습할 거라고, 잘만 하면 그게 좀더 돈이 될 거라고 했다. 이어 덧붙이길, '말이 나와서 말인데, 친구들과 합을 이뤄 스탠딩 코미디도 연구중'이며, 궁극적으로는 만능 엔터테이너가 되겠다고 했다. 나는 술도 그리 못하고, 노래 실력도 별로고, 화려한 조명 아래 서면 얼어붙었다. 내가 밤무대를 즐기며 거하게 서비스를 받고서 행복에 젖을 확률은 거의 없었다. 우리가 언제 어떤 모습으로 다시 만나게 될지가 상상 속에서도 좀 불확실해지는 듯했다. 나는 그럴수록 감탄사를 남발해가며 추임새를 넣었다.

"오, 정말? 우와, 정말?"

전화를 끊고서 언니와 내가 처음에 어떻게 만났는지를 떠올려보았다.

대학교 3학년 때 나는 같은 학교 영화과 학생과 잠깐 사귀었다. 그의 이름은 좀 특이해서 한 번만 들어도 누구의 머릿속에든 각인될 만했다. '국황모'. 나보다 네 살이 많을 뿐이었지만 유년기에 부모님을 따라 여러 나라를 옮겨다니며 살아서 경험이 풍부했고 시야가 넓었다. 명문대에서 언어학을 공부하다가 뒤늦게 중퇴한 뒤 영화로 방향을 튼 것도 무모하다기보다는 용기 있어 보였다. 그의 결정과 시선은 뭐가 달라도 다른 것 같았고, 자신이 원하는 것이 무엇인지, 나아갈 방향이 어디인지 누구보다 잘 알고 있기에 주변을 설득하는 일에도 그토록 탁월한가보다 싶었다.

나는 그가 구상중인 작은 이야기들 몇 편을 알았고, 그중 한 편은 나중에 긴 이야기로 발전되어 대단한 작품이 될 것이라 믿었는데도, 지금은 내용을 하나도 기억하지 못한다. 실제로 벌어졌던 사건이 그 미완성의 이야기를 압도해버렸기 때문이다. 나는 그렇게 생각하고 있다.

그는 당시 한 상업영화 스태프로 아르바이트를 뛰고 있었는데, 어느 날 지방에서 새벽 촬영을 마치고 이동하던 중에 고속도로에서 교통사고를 당해 하늘나라로 떠났다.

나는 그 죽음을 어떻게 내 경험으로 받아안고 삶으로 흡수

해야 할지 몰랐다. 황망하기만 했다. 내가 선망하고 좋아했던 사람과의 인연이 단 한 번도 상상해보지 못한 방식으로 거의 시작과 동시에 끝이 나버렸고, 그토록 완전하고 단단하고 아름다워 보이던 세계가 부서져 공중에 산산이 흩어졌다. 그다지 눈물이 나지도 않았다. 나는 그냥 일과를 이어갔다. 화창할 때도 비를 맞는 사람처럼 축 처져서 다니긴 했지만, 그렇더라도 어디까지나 루틴에 따라 움직였다. 균형을 잃지 않았다. 하루는 별로 친하지도 않던 동기 하나가 "너 정말 괜찮은 거냐?"라고 묻기에, "응. 난 어렸을 때 오랫동안 친하게 지냈던 단짝이 우울증으로 자살했던 적도 있어. 십육 년 기른 개도 떠나보내봤고. 괜찮아질 거야"라고 답했더니, 그렇다면 더욱 안 되겠다면서 당시 부산의 한 수도원에서 진행하던 침묵 피정 일정에 참여할 수 있도록 나를 연결해주었다. 나는 종교생활을 하지는 않았지만, 신자였던 외할머니를 따라서 어렸을 때 세례는 받았기에 모니카라는 세례명이 있었다.

침묵 피정이라니까 아무 말도 하지 않아도 되겠구나 싶어서, 좀 조용히 쉬다 오려고 부산에 있는 그 수도원으로 순순히 갔다. 거기서 애리자 언니를 만났다. 언니는 술주정뱅이 새아버지가 미워서 아버지를 속으로 저주했는데 그만 그가 죽어버렸다고, 만취해서 길바닥에서 죽었다고, 어떡하냐고 울었다. 신부님께 뭐라고 고해성사를 하면 좋을지 모르겠다고 울고,

어머니의 패물을 몰래 팔아서 실용음악 학원에 등록했는데, 천벌을 받게 될까? 하고 내게 물었다. 침묵은 개뿔.

우리는 수녀님께 불려가 조용하라는 주의를 들은 뒤에 서로 멀리 떨어진 방에 재배정되었다. 그래서 그때부터는 몰래 쪽지를 써서 주고받기 시작했다. 우리는 그냥 떠오르는 것들을 막 썼다.

기도의 힘인지, 눈물의 힘인지, 쪽지의 힘인지, 아니면 천사의 보호 때문인지 몰라도 우리는 3박 4일의 피정 일정이 끝났을 때 전보다 가볍고 깨끗해진 마음으로 수도원 밖으로 나설 수 있었다. 언니는 부산에, 나는 서울에 살아서 그후로 연락을 몇 번 주고받았지만, 그게 만남으로 잘 이어지지 않자 자연스레 소식이 끊겼다.

새로운 직장에서의 첫 아침, 나는 일찌감치 집을 나서서 광화문행 지하철에 올랐고 출근 시간보다 좀 여유 있게 회사에 도착했다. 출입구 회전문에 몸을 밀어넣어 건물 안으로 들어갔다가 도로 한 바퀴를 돌아 밖으로 나왔다. 만원 버스에서 사람들이 쏟아져 내리고 있었다. 나는 다시 안으로 들어가 엘리베이터를 타고 사무실이 있는 십층으로 올랐다.

선임자에게 간단한 업무 인수인계를 받은 후 비품실에서 문구류와 파일 몇 개를 집어와 내 책상 이곳저곳 손닿는 곳에 잘 정리해두었고, 국제 콘퍼런스 기획안도 읽었다.

저녁에는 회식 자리에서 취하지 않으려 최대한 주의했고, 너무 늦지 않은 시각에 눈치껏 잘 빠져나와 내 집으로, 아니, 오빠와 새언니의 신혼집으로 돌아왔다. 경비실을 지나치는데 경비원 아저씨가 택배가 와 있다며 제주 감귤 상자를 건네주었다. 나는 그걸 받아들고 엘리베이터에 올랐다. 팔층 버튼을 누르고 오른쪽 무릎을 구부려 올려 거기 감귤 상자를 받치고 벽에 기대섰다. 애리자 언니가 부르던 아주 감상적인 노래들이 떠올랐다. 문이 닫혔다. 엘리베이터가 움직이기 시작했다. 며칠 전 내가 얻어 탔던 야채 트럭을 떠올렸고, 내가 간신히 덜컹거리며 또다른 내일로 가고 있다는 사실도 상기했다. 갑자기 모든 것에 책임을 느꼈고, 또 한순간에 모든 것을 잃어버릴 수도 있을 것 같아 가벼운 현기증을 느꼈다. 엘리베이터 문이 열렸다.

택배 상자와 내가 모두 온전히 집안에 도착했다는 인사를 전하려고 언니에게 전화를 걸었다. 언니는 선샤인클럽의 분장실에서 새로운 안무와 멘트와 의상과 분장을 총체적으로 믹스 매치하는 중이라는 소식을 전해주었다. 나도 명랑하게 답했다.

"알겠어요. 만사형통 기원함."

5

늦은 퇴근길의 지하철에 운좋게 자리잡고 앉은 김에 태블릿 피시를 켜고 언니가 보내온 자신의 코믹한 댄스 동영상을 감상했다. 내 옆에서 졸고 있던 젊은 남자가 갑자기 눈을 번쩍 뜨고 자리에서 일어나 방금 통과한 역 이름을 확인하더니 휴, 하고 안도하며 도로 자리에 앉았다. 그는 애리자 언니의 댄스 동영상을 훔쳐보며 어깨를 들썩거리다가 크학학 웃음을 토해 냈다.

나는 예전에 언니와 수도원 복도를 지나다니며 주고받은 쪽지들이 서로의 아픔에 공감했기 때문만이 아니라 서로를 웃기려는 애절한 노력으로 인해 일종의 시리즈로 이어졌다는 걸 떠올렸다. 언니는 새아버지가 술주정으로 얼마나 자기를 때리고 집안을 들쑤셔놓았는지를 적어 보내고 난 다음, '미안하지만 나는……'으로 시작되는 다른 쪽지를 써서 건넸는데, 거기엔 수도원 밖으로 나가면 당장 사 먹고 싶은 주전부리들의 이름이 잔뜩 적혀 있었다. 또 나는 내가 무엇을 바라고 믿고 좋아하고 아꼈는지 늙어보기도 전에 다 까먹어버릴 게 분명하다고, 나는 분열되었다고, 사막화되었다고 선언하고 난 뒤에, '언니야. 나는 어쩔 수 없이……'라고 시작되는 이런 쪽지를 쓰기도 했다.

언니야. 나는 어쩔 수 없이 지금 여기, 신의 가호 아래 앉아서 이런 걸 상상해보고 있어. 내 무덤에는 내가 어렸을 때 수집하고 싶었던 물건들을 따로 모아둔 수장고가 하나 있었으면 해. 이 아이디어를 내가 손쉽게 폐기하지 않도록 언니가 혼자 있을 때 이걸 소리 내어 읽어 내게 텔레파시로 보내주면 좋겠어. 리스트는 다음과 같아.

화려한 자개로 장식한 아코디언, 새빨간 비단에 금실로 수를 놓아 만든 쿠션 커버, 동전을 넣을 때마다 자동으로 디스코 음악을 재생하는 원숭이 저금통, 울퉁불퉁한 녹색 도깨비 탈, 깨끗하게 접어놓은 하얀 케이크 상자들, 고무판화용 조각도 세트, 스티커 사진 모음집, 체온계, 현미경, 콩 주머니, 빛바랜 애착 이불, 한 번 입고 세탁해둔 뻣뻣한 청바지, 가전제품 사용 설명서 모음, 신문지와 잡지 모음, 대중가요 선집, 찬송가, 유에프오 목격담과 목격자의 희미한 얼굴 사진이 시대순으로 배치된 비매품 책자, 아버지의 스키 장갑과 체크무늬 손수건, 어머니가 콩국을 끓일 때마다 사용했던 독일제 믹서, 상아 목걸이, 오동나무 낚시찌, 무채색 실들만을 모아 한데 감아놓은 두툼한 실패, 한정판 스포츠 음료의 오렌지빛 라벨들, 야구공 크기의 대리석 주사위 두개, 원주율 이백육십일번째 자리까지 적어놓은 회색 모눈종

이, 완성해놓으면 해바라기밭 그림이 되는 천 개의 퍼즐 조
각 중에서 분실되지 않고 남은 마흔아홉 조각, 손잡이 부분
에 장식용 크리스털이 박혀 있는 관상용 은제 핀셋, '북 치
는 소년' 장난감에서 분리해낸 용수철과 작은 나사들, 고사
리손으로 오래 흔들어 빼낸 작은 앞니 한 개……

은유하기 용서하기

권희철(문학평론가)

어떻게 이렇게까지 사랑스러운 이야기가 될 수 있었던 걸까? 만약 우리가 이 소설을 읽는 동안 소설 속 어떤 장면은 물론이고 그 너머의 무엇인가를 기어코 사랑하게 되거나 사랑하고 싶어지게 되는 것이 사실이라면, 그것은 어째서일까? 물론 우리는 『내일을 위한 힌트』를 읽고 난 직후의 감상을 말하는 중이다.

*

우리가 기준영의 소설들을 차분히 되짚어보고 음미하는 데까지 나아가지 않더라도, 그가 구사하는 문장들이 우리에게 너무나 독특한 기쁨을 주는 바람에, 그것이 어떤 맥락에 놓여 있고 무엇을 의미할 수 있는가와 상관없이 좀처럼 잊히지 않는다는 점에 대해서라면 얼마든지 사실이라고 주장할 수 있을 것 같다.

예컨대,

선배는 내게 도움이 될 만한 말들을 고르는 데 애쓰는 듯했다. 두려워하면 될 일도 안 된다거나 한 인간의 성장에는 시행착오가 필요하다는, 주로 '두려움'을 중심으로 회전목마처럼 돌고 도는 내용이긴 했지만. 그 말을 하는 동안 그의 미간이 몇 번 찡그려졌다. 그의 두 눈 사이에 주름이 질 때마다 나는 그게 악의 없는 무관심 때문에 매번 같은 데서 오류를 일으키는 센서 같다고 느꼈다.(「다미와 종은, 울지 않아요」, 31쪽, 강조는 인용자, 이하 동일)

숙부와 숙부의 애인은 한밤의 해프닝을 뒤로하고 이미 집으로 가는 기차에 오른 사람처럼 굴었다. 그러니까 이제 막 멀어질 여행지의 마지막 풍경을 향해 되는대로 손을 흔들며 흥에 겨운 듯한 모습이었다.(「나를 부르는 소리」, 50~51쪽)

신부는 웃었다. 경쾌하게 소리 내어 웃었다. 만약 그에게 날

개가 있었다면 한껏 푸드덕거리며 웃었을 것이다.(「헬레나의 방식」, 106쪽)

그 목록이 얼마든지 길어질 수도 있을 것 같은 이 문장들이 모두 '처럼' '같은' '듯한' '만약 ~다면' 등을 드러내거나 숨기며 거느린 '은유'로 되어 있다는 점에 대해서 다른 긴 설명이 필요할 것 같지 않다. 은유라는 것은 너무 흔하고 또 거의 피할 수 없는 수사법이기는 하지만, 이렇게까지 섬세하고 아름다우면서 정확하다는 인상을 주는, 구체적이고 감각적인 은유를 한국어로 구사할 수 있는 다른 작가가 (『사랑의 세계』(스위밍꿀, 2021)의 이희주를 제외하면) 내게는 얼른 떠오르지 않는다.

기준영 소설의 비밀은 '은유'에 있는 것일까? 흔히 시인의 영역으로 생각되는 바로 그 은유? 기준영의 소설이 사랑스러워지는 것이 그 때문일까? 하지만 기준영 작가님, 소설을 청탁드렸는데 시를 써주시면 어떻게 해요?

나는 지금 위 질문들에 그렇다고 답하며 기준영 소설에 대해 말해보려는 참이다. 기준영 소설의 비밀이 '은유'에 있고, 그 때문에 기준영의 소설은 그토록 사랑스러워지고, 또 바로 거기에서 기준영 스타일의 (시가 아니라!) '이야기'가 열리는 것이라고.

그러니 우리의 논의를 '은유'에서부터 시작해보자.

*

　"제기랄, 나도 시인이나 되었으면" "제가 시인이면 말하고 싶은 것을 다 말할 수 있잖아요"라고 말하는 우편배달부 마리오에게 (비록 소설 속 허구의 인물이기는 하지만) 칠레의 위대한 시인 파블로 네루다는 시를 쓴다는 것은 곧 '메타포(=은유)를 만들어내는 것'이라는 가르침을 준다. 메타포(=은유)? "그게 뭐죠?" 네루다 왈, "한 사물을 다른 사물과 비교하면서 말하는 방법이지"[1]. 예컨대 '경쾌하게 소리 내 웃는 웃음'을 '날개가 있었더라면 푸드덕거리며 웃었을 웃음'이라고 바꿔 말하거나 덧대 말하기. 안토니오 스카르메타의 소설 속 표현을 따라가자면, '감탄할 만한 시 낭송을 듣고 흔들리는 마음'을 "말들[시어詩語들—인용자] 사이로 넘실거리는 배"[2]로 바꿔 말하기.

　한때 미국 역사상 가장 많은 관객이 본 외국영화로 꼽혔다는 〈일 포스티노〉의 원작 소설 『네루다의 우편배달부』에 대해 내가 갖고 있는 불만 중 하나는 이 소설이 시를 쓰고자 하는 욕망을 다루고 그 욕망의 결정적인 자리에 '은유 쓰기'를 배

1) 안토니오 스카르메타, 『네루다의 우편배달부』, 우석균 옮김, 민음사, 2004, 27~29쪽.
2) 같은 책, 31쪽.

치하면서도 그에 관한 말과 생각들을 가지고 '은유'에 대한 통념에 별로 저항하려 들지 않는다는 것이다(마리오와 베아트리스의 사랑과 결혼이 통속적인 차원에서 조금도 벗어나지 못하고 그다지 사랑스러워지지 못하는 것도 이 점과 무관해 보이지 않는다). 앞서 인용한 네루다 선생님의 은유에 대한 설명이 다음과 같은 통념에 꼭 들어맞는 것은 아니지만 그 통념을 시험에 들게 하지 않는 것도 사실인 듯하다. 〈은유는 평범하고 밋밋한 지시 대상들을 '신선하고 아름답게 꾸며주는' 표현이다. 은유가 아무리 재치 있고 화려해지더라도 꾸며주기 위해 덧붙여진 표현들은 '애초에 가리켜 보이려고 했던 대상-내용-의미에 귀속'된다(보조관념은 추상적인 원관념을 보다 구체적이고 감각적으로 표현하기 위해 동원된 것, 운운)……〉

하지만 그러한 통념의 원천이라 할, 은유에 관한 아리스토텔레스의 정의는 우리의 통념 및 네루다 선생님의 말씀과는 아주 조금 다른데, 그 차이는 결정적이며 또 내 생각으로는 사랑스럽다.

은유란 (……) 어떤 사물에다 다른 사물에 속하는 이름을 전용轉用하는 것이다.(『시학』 21장, 1457b 7~10)[3]

별반 다를 것도 없어 보이는 이 차이가 왜 사랑스러운 것이냐 하면…… 은유가 단지 한 사물을 다른 사물과 '비교'하면서 말하는 것이 아니고, 다른 사물의 이름을 본래의 용도와 다르게 쓰는(='전용'하는) 것이라면, 은유에 의해 의식의 자기 외출, 의미의 자기 상실과 범람, 정념적 함량의 중첩과 증가가 가능해지기 때문이다.[4] 풀어서 말하면 이렇게 된다. 은유는 어떤 이름을 그것이 본래 지시하던 대상이나 의미로부터 '자리를 옮겨서' '다른 의미를 맞아들이게' 하는 행위이다. 그것은 의미가 자기 일치의 상태에서 벗어나 '자기 바깥으로 향하게' 해주는 행위이고, 그러한 행위를 하면서 의식 또한 의미를 외출하게 해주는 언어적 수레에 함께 타는 행위이다. 의미가 자리를 옮긴 그 일탈적 거리만큼 의식은 외출할 수 있고 그 외출에서 낯선 무엇인가와 만날 수 있으며 바로 거기서 의식은 즐거움을 얻는다. 어떤 말이 그 말에 친숙한 대상으로부터 미끄러져 다른 대상과 맺어질 때, 친숙한 대상으로부터 오는 본래의 정념을 간직하면서도 낯선 대상으로부터 새로운 정념을 끌

---

3) 아리스토텔레스, 『시학』, 천병희 옮김, 문예출판사, 1998(개역판), 116쪽.

4) 데리다의 은유론이라 할 「백색신화」(『해체』, 김보현 편역, 문예출판사, 1996)는 아리스토텔레스의 은유론을 해체하며 독해하는 데 많은 지면을 할애한다. 김상환은 「해체론과 은유—다시 아리스토텔레스에로」(『해체론 시대의 철학』, 문학과지성사, 1996)에서 「백색신화」에 대한 비판적 독해를 보여주는데, 이 단락에서의 은유에 대한 설명은 김상환의 글을 참고했다.

어안게 되기 때문에 정념의 중첩·배가 또한 이뤄진다. 어떤 말과 생각, 그리고 그에 관여하는 의식이, 외출·일탈·자기 상실의 공간으로 뛰어들어 동일성으로부터 벗어나고 정념을 배가시키며 부풀어올라 자기를 초과하는 무엇인가로 '변신'한다는 것은, 단지 어떤 표현을 신선하고 아름답게 꾸미는 데 그치는 것도 아니고, 그 표현으로 지시하고자 했던 본래의 대상에 얌전히 귀속되는 것도 아니다. 성공적인 은유는 그 대상을 멋지게 드러내며 확정하기보다, 그 대상이 자기 자신으로부터 빠져나와 어딘가를 향해 도약하고 다른 상태들을 경유하며 다른 것이 되게 한다.

이렇게 설명되는 은유가 왜 사랑스러운가 하면, 은유는 말하는 순간순간 글을 쓰는 순간순간 기존의 시야에서는 얼른 예측할 수 없는 낯선 무엇인가를 만나러 가기 위해 설레어하는 일이니까. 거기에 자기 상실이라는 위험이 언제나 있지만 그 위험을 무릅쓰게 하는 설렘이 있으니까. 그 일탈적 외출 속에서 언제나 나와 세계의 아주 약간의 변신이 가능해지니까. 일탈적 외출과 위험한 변신을 추구하지만, '이름'의 전용인 한에서 은유는 우선 친숙한 이름들 아래 오래 머무르며 도약을 위한 잠재력을 배양해야 하니까. 이 모든 과정 속에서 우리의 정념은 점점 더 두터워지니까.

다르게 말해서 탁월한 은유 쓰기는, 기호들의 출현과 재구

축의 열광은, 낱말들을 얽어 짜는 가운데 의미 작용이 범람하게 하고 거기서 독특한 기쁨에 젖어들게 하는 것은, '타자'와 연결된 열린 체계인 우리의 정신 현상이, 그것이 살아 있는 한 타자와 생생히 연결되어 있고 또 더 많이 연결되고자 한다는 점에서, 언제나 사랑을 원하고 있다는 사실(혹은 사랑을 하지 않는다면, 그 정신 현상은 죽은 것이다. '죽음은 인간의 삶을 살고 있다'는 헤겔의 말은, 우리가 사랑을 하지 않는 동안에만 사실이다)과 함께 가기 때문에, 사랑을 향한 충동을 자극하고 실천하며 그 자체로 사랑스러워진다.[5]

더 간단히 말해서, 우리는 사랑에 빠져 있는 한에서 더 성공적으로 은유할 수 있고 더 성공적으로 은유하는 한에서 더 많이 살아 있을 수 있으며, 더 많이 살아 있다는 것은 사랑에 더 많이 빠져 있다는 것과 다르지 않다.

*

'타자'와 연결된 열린 체계를 증식시키거나 활성화시키는 운동인 한에서, 은유는 시로 응축되는 것이 아니라 오히려 '이야기'를 향해 열리고 '이야기'를 여는 것이 될 수 있다. 은유는

---

5) 은유와 사랑의 중첩에 대해서는 줄리아 크리스테바, 『사랑의 역사』, 김인환 옮김, 민음사, 2008, 27쪽, 384쪽, 436쪽을 변형하여 서술했다.

무엇인가가 자기동일성 안에 머물지 않게 해주고 낯선 것과 만나 새로운 사건을 일으키게 만들어주기 때문이다. 그리고 그것은 삶이 하나의 이야기라는 사실과 함께 간다.[6] 그것은 또 왜 그러냐 하면……

우리의 삶에는 언제나 낯선 자들, 새로 온 사람들이 있다. 다른 무엇보다 우리 주변 어딘가에서 언제나 새로운 생명이 탄생하는 것이다. 그런데 우리 기성의 사람들은 이 낯선 자들, 새로 온 사람들이 우리의 기존의 삶에 대해 어떻게 느낄지 어떻게 반응하고 행위할지 전혀 예측할 수 없다. 우리가 그 낯선 자들, 새로 온 사람들의 느낌과 반응과 행위를, 그러니까 그들의 존재를 완전히 무시하고 제압하고 길들이거나 절멸시키려는 것이 아니라면, 우리는 예전의 삶의 패턴을 그대로 반복하는 일을 그만둬야 한다. 차이 나는 삶의 패턴들이 서로를 알아보고 이해하는, 그렇지 않다면 공존할 수 있는, 그렇지 않다면 적어도 갈등과 분쟁을 겪어내려는 채비를 갖춘 더 커다랗고 열려 있고 복잡한 삶의 패턴을 상상하고 만드는 행위에 돌입해야 한다. 낯선 누군가가 태어나고 찾아오는 인간들의 사회

---

6) 줄리아 크리스테바는 한나 아렌트의 정치철학과 문학비평을 교차하여 읽는 강연을 진행한 후 강연록을 책으로 출판하면서 '삶은 하나의 이야기다'를 부제로 내세웠다. 정치적 삶과 이야기하기의 불가분한 뒤얽힘에 대한 이하의 내용은 줄리아 크리스테바, 『한나 아렌트─삶은 하나의 이야기다』, 이은선 옮김, 늘봄, 2022 참조.

는 그와 같은 필연성에 매 순간 노출되어 있다. 그것은 한편으로 수고스럽고 까다로운 일이지만 다른 한편으로는 바로 그 과정 속에서 이미 태어나버린 우리가 기존의 삶의 패턴의 구속에서 우리 자신을 풀어주고 새로운 삶의 패턴을 재구성하며 다시 태어날 수 있는 계기를 발견하게 해준다. 그것이 세속화된 '부활'의 의미다. 우리는 예수라는 특정한 인물에 대한 메시아주의 없이도, '한 아기가 우리에게 탄생하셨도다'라는 기독교의 복음을, 우리 자신의 부활을 보증하는 기쁜 소식으로 읽어낼 수 있는 것이다. 새로 오는 사람들, 아기들의 탄생이 우리를 부활시켜주는 계기가 될 것이니까. 아니, 그럴 수 있는 것이 아니라, 그렇게 해야만 한다. 기존의 삶의 패턴에 종속된 채로 단지 목숨zoe을 유지하며 삶의 신참자들에게도 그러한 종속을 물려주고 강요하는 대신에 새로운 탄생성을 환영하고 그들의 낯섦을 끌어안아야만 살아 움직이는 정치적 삶bios을 함께 구성하며 살아갈 수 있는 것이다.

바로 여기에서 삶과 이야기와 정치가 하나로 뒤얽힌다. 왜냐하면 정치적 삶은 서로에게 낯선 자들이 서로에게 함부로 규정되거나 평가되지 않으면서 그 낯섦 그대로 드러나는 조건에서만 가능해지는데, 그 조건을 '삶을 이야기하기'가 충족시켜주기 때문이다. 그는 '누구'인가? 하는 질문에 물화하는 방식으로(기존의 삶의 패턴들이 규정하고 평가하는 바에 따라 '무엇'으로) 대답하는 것을 피하면서 누군가의 삶에 대해 이야기하거나 그 이야기를 듣는 것은 어떤 이야기를 보다 커다란 이야기에 끼워넣으면서 두 이야기 모두를 조절하고 바꿔놓는 것이고 동시에 누군가를 세계 안에 끼워넣으면서 그 세상과 그 세상을 살아가는 사람들을 아주 조금 조절하고 바꿔놓는 것이다. 이야기하기는 기존의 이야기가 폐쇄적으로 완성되는 것을 막고 도래하는 낯설고 새로운 이야기들을 향해 그것을 열어젖힌다. 자신을 끊임없이 찢어내면서, 더 많은 이야기들을 끌어안으면서, 우리의 삶은 또 세계의 이야기는 '누구'를 '무엇'으로 물화시키는 반복으로부터 스스로를 탈출시켜 역동적인 현존이 되게 한다. 반복하는 말이지만, 그것이 가능해지기 위해서는 맨 앞자리에 모든 탄생과 방문의 저마다의 고유함에 대한 환영歡迎의 비범성이 놓여야 한다.

그런데 이야기하기가 그와 같은 것이 될 수 있다면, 그리고 은유하기가 앞에서 설명한 것과 같은 것이 될 수 있다면, 살아 있는 삶(=부활하는 삶=변신하는 삶)을 가운데 두고서, 이야기하기는 복잡하게 헝클어지며 확장하는 은유하기이고 은유하기는 도약과 전개를 예비하며 특정한 지점에서 응축되는 이야기하기가 된다.

*

지금까지의 설명이 잘된 것이라면, 그리고 그것을 내가 잘 이해한 것이라면, 그것은 아마 다음과 같은 삼항조의 돌림노래 같은 것으로 정리될 수 있을 것이다.

은유하는 삶, 이야기하는 은유, 살아 있는 이야기.

또는,

삶을 은유하기, 은유를 이야기하기, 이야기를 살아내기.

*

그런데 잠깐. 혹시 우리는 그저 아리스토텔레스를 읽고 있는 데리다 아니면 한나 아렌트를 읽어주는 줄리아 크리스테바에 대해 이야기하면서 그럴싸해 보이는 대목들을 고르고 섞은 뒤 그것을 그저 기준영 소설 위에 덮어씌워버린 것이 아닐까? 우리가 지금 기준영 소설에 대해 이야기하는 것이 맞을까?

그렇다, 고 나는 말하고 싶다. 왜냐하면 '개방성'이라고만 요약하고 싶지 않은 그 '비범한 환영'이 기준영 소설의 내러티브를 출발시키기 때문이다. 바로 그것이 기준영 소설의 등장인물이나 서술자가 결정적인 순간이라면 언제나 상기하는 삶의 기술이기 때문이다. 낯선 것과 만나게 되리라는 두근거리는 기쁨, 그로 인해 배가되는 정념, 거기에 수반되는 의미의 범람, 그런 것들이야말로 기준영 소설의 독특한 분위기를 충전시켜주는 에너지이기 때문이다. 그런 것이 기준영의 소설을 사랑스럽게 만들고 또 그 안에 연애 사건이 들어와 있든 그렇지 않든 그것을 결국 사랑에 관한 소설로 만들어버리기 때문이다. 예컨대, 『내일을 위한 힌트』의 맨 앞에 놓인 「다미와 종은, 울지 않아요」에서, 고등학교 시절 잠깐 알고 지냈을 뿐 아무런 사이도 아닌 종은이 갑작스럽게 찾아왔을 때 다미는 이렇게 생각하고 말한다.

불가해한 혼란을 대할 때(……) 나는 (……) 차라리 열려버린다. 뭔가가 내 안에서 열리고, 또 열린다. 바람이 사방으로 들어 커튼이 펄럭펄럭 휘날리고, 종잇장과 옷가지들이 바닥 여기에서 저기로 쓸려 다니고, 비상벨이 울리고, 벽지와 조명등이 떨어져 내리는 통제 불능의 공간에서 힘을 빼고 두 다리와 두 팔을 크게 벌려 서는 자. 그 사람이 나란 생각으로 그 순간을 받아들인다. 나는 종은에게 문을 열어주었다. "들어와. 손부터 씻어. 밥은 먹었어?"(11쪽)

이 열림이, 나의 삶 안에 낯선 사람을 위한 자리를 마련해주느라 흔들리며 재배열되고 있는 이 열어젖힘이 '비범한 환영'이 아니라면, 다른 무엇이 비범한 환영이 될 수 있을까? 이 환영 덕분에 「다미와 종은, 울지 않아요」의 이야기는 시작된다. 모종의 기쁨과 설렘과 슬픔과 혼란의 배가 속에서, 시끌벅적한 사건들에 의지하지 않으면서도 역동적으로. 그렇게 시작된 이야기가 다미의 삶과 그 주변 세계를 아주 조금 조절하고 또 바꿔놓는다. 그 열림 덕분에 낯선 사람인 종은이 그의 오빠와 겪고 있는 갈등에 관한 이야기가 그저 '배부른 소리'로 폄하되지 않으며 다미의 이야기 안으로 들어와 자리잡고, 이웃에 살고 하모니카를 부는 근사한 남자 인태와의 기묘한 삼각관계로 이어진다. 그렇게 이어진 이야기 덕분에, 그것이 말끔한 해피엔드는 아니었지만, 종은은 약간은 다른 사람이 되어 자기만의 이야기로 되돌아갈 수 있을 만큼 자기 이야기와 화해할 수 있었고, 다미는 다미대로 엄마에 대한 생각을 이어나갈 수 있었다. 종은과 엮어가는 이야기 속에서, 다미는 오랜 기간 고생하다가 얼마 전에야 빚을 청산하고 살림살이가 펴질 때쯤 교통사고로 죽은 엄마의 빈자리를 나름의 방식으로 견디면서 그것과 함께 살아갈 수 있었다(이층 침대의 비어 있는 아래 칸은, 소설이 시작될 때 약간 이상한 느낌을 준다. 혼자 사는 여자가 좁은 집에 왜 이층 침대를 들여놓은 것이며 갑작스레 찾아온 낯선 사람에게 마침 잘됐다는 듯 비어 있는 아래 칸을 내어주는 것은 왜일까 하는 생각이 들기 때문이다. 후반부에 이르러서 그것이 엄마가 누워보지도 못했던 새 침대의 빈자리라는 사실이 독자들에게도 알려질 때 우리의 의문은 해소되기도 하고 또다른 수수께끼로 이어지기도 한다. 또다른 수수께끼: 엄마가 누워보지도 못한 그 자리에 낯선 사람을 누이고 그와 친구가 되어가는 다미의 마음이란 어떤 것이었을까? 그 빈자리에 누워 얼른 잠들고 싶어하는 낯선 사람에게 매일 밤 끊임없이 자잘한 이야기들을 쏟아붓는 다미의 마음이란 또 어떤 것이었을까? 이제는 친구가 된 종은이 연락처를 바꾸고 서둘러 집에서 나간다고 한다면, 다시 비게 될 저 이층 침대 아래 칸은 앞으로 다미에게 어떤 느낌을 주게 되는 것일까?). 그 이야기 속에 있었던 덕분으로 다미는 초등학생 시절 바쁜 엄마를 대신해서 어린 자신의 뭔가를 채워줬고 그뒤로 오래 연락하며 친밀감을 이어왔던 선생님을 만나기 위해, 엄마가 죽고 없는 지금 미국 여행을 결심할 수 있었다(여기서도 수수께끼가 솟아난다. 선생님은 엄마의 은유이기도 하지 않았을까? "나를 양딸로 삼고 싶다고 엄마에게 농담처럼 자주 말했던 분이었"(36쪽)으니까. 엄마가 죽고 없는 이때 다미가 그 먼 곳으로 가 엄마의 은유를 만나고, 엄마의 빈자리를 엄마의 은유에 내어준다면 그것은 다미에게 빚을 물려주지 않으려고 온갖 수고를 마다하지 않았기 때문에 어린 딸을 충분히 돌봐줄 수 없었던 엄마를 배신하는 셈이 되는 것일까? 하지만 그것을 배신이라는 식으로는 생각하지 않을 수 있었던 것은 종은과의 며칠이, 새로 시작된 인태와의 관계가 기여한 바가 있지 않았을까?).

요점은 이 이야기의 출발점이 "나는 종은에게 문을 열어주었다"는 것이고, 그것은 우리가 앞서 길게 생각해본 '은유' '이야기'와 다르지 않다는 것이다. 어떤 삶의 패턴이 자기동일성 속에 머물러 있지 않고, 어떤 의미에서는 그에 대해 조그맣게 '부정(아니)'하면서, 끊임없이 그 바깥으로 외출하려 하는 것, 끊임없이 틈입해 들어오려는 바깥의 무엇인가를 환영하는 것, 아니, 초대하는 것, 그것이 은유이고 이야기이며 삶이라는 것, 그것은 힘겨운 일인 동시에 설레고 감격스럽고 사랑스럽다는 것. 그것이 우리의 설명이었지만 소설 속 다미의 생각이기도 하다.

"우리집에 놀러온 고등학교 친구는 너 하나다."
"어휴. 내가 좀 안아주리?"
"아니."
"아니."
"응?"
"응."

"아니."

"아니."

우리가 서로의 '아니'들을 어둠 속에 세워두는 동안, 나는 '아니'만으로도 끝없이 대화가 가능한 세계로 잠시 초대된 듯했고 그 생각이 마음에 들었다.

삶은 일종의 분투일 것이다.

아니, 겹겹의 노래인지도 모른다.(40쪽)

다미가, 종은과 대화할 때뿐만 아니라, 혼자만의 생각의 흐름 속에도 '아니'를 심어놓고 서로에게 조금은 낯선 생각들끼리 대화하게 하고 우리라면 이야기라고 불렀을 그것을 '겹이 많은 노래'로 은유하며 정념의 함량을 높이는 것처럼, 우리는 이 소설집의 제목 '내일을 위한 힌트'에도 보이지 않는 '아니'가 심어져 있다고 생각해볼 수 있다. '내일을 위한 힌트'는, 얼른 듣기에, 알 수 없는 내일에 대비하느라 그것을 예측·계획·통제하기 위한 유용한 기술처럼 생각될 수 있다. 하지만, 아니, '내일을 위한 힌트'가 그런 것일 수 없다. 기준영의 소설은 예측할 수 없는 것들을 향해서 스스로를 여는 기쁨을 보여주고 우리가 그 기쁨에 동참해야 한다고 유혹하는 삶이고 은유이고 이야기이며 노래이기 때문이다.

「신세계에서」에서도 '내일을 위한 힌트'는 정확히 그런 의미로 쓰여 있다. 김호경은 기억력과 관련된 모종의 문제를 겪고 있는 듯하고 그 때문에 신경과 전문의로부터 기억력 증진을 위해 메모하는 습관을 들이라는 조언을 받았는데 그는 의사의 조언을 변형하여 받아들인다. 의사의 조언에 따라 메모를 하긴 하지만, "간단히 명사형으로 끼적여 스스로에게조차 힌트로"만 "남기는 식"(168쪽)이다. 말하자면 김호경의 메모에는 맥락이 지워진 빈칸 혹은 모르는 영역으로 열리는 문 혹은 낯선 누군가가 들어올 수 있게 열려 있는 문이 언제나 명사형 문구들과 함께 짜넣어지는 것이다. 그런 식의 메모야말로 기준영의 소설이 우리에게 말해주는 '내일을 위한 힌트'가 될 수 있을 것이다. 모든 것을 자기동일성에 묶어놓고 기존의 패턴을 반복하게 하는 대신에, 이곳저곳에서 문을 열고 이 안으로 들어오라고 초대하는 것이야말로 아직 도래하지 않은 낯선 시간과 만날 수 있는 유용한 기술일 것이니까. 간단히 말해서 내일을 위한 힌트의 내용은 '힌트는 절대 없음'이다. 앞에서 우리는 기준영의 소설이 '변신'과 '부활'에 관한 이야기이기도 하다고 설명했는데, '내일을 위한 힌트'라는 제목의 의미도 우리가 이 삶, 은유, 이야기 들을 읽어나가는 동안 변신하고 부활하는 듯하다.

반복되는 이야기겠지만 ('힌트는 절대 없음'이라는) '내일을 위한 힌트'와도 같은 삶의 기술과 태도를 도처에서 발견할 수 있는데, 예를 들면,

때로 예감이란 것이 한 인간의 모습을 갖추고서 마치 옛날 전쟁통에 사람들이 그랬듯이 내게 짤막한 전보를 쳐주면 좋으리란 생각이 들었다. 그러면 나는 때마침 인격을 잃고서 아무것도 읽어내지 못한 채 동물의 본능으로 다만 어딘가를 향해 뛰어가고 있었으면 했다. 그 반대의 경우가 아니라.(「나를 부르는 소리」, 56~57쪽)

그가 예상했던 일들이 대부분 적중하지 않았다는 게 분명해졌다. 그는 그 점에 뜻밖에 놀랐고 또 즐거웠다.(「여름의 목소리」, 89~90쪽)

물론 이 사례들의 목록은 더 길어질 수 있고 그것은 「모든 이의 모든 것」에서 가장 분명해진다. 소설집의 맨 끝에 배치된 이 소설은 첫번째 소설 「다미와 종은, 울지 않아요」를 변주하는 듯하다. 여기서도 오래 인연이 닿지 않았던 누군가가 갑자기 연락을 해오고 그 낯선 사람을 향해 문을 열어주며 거기

서부터 예상 밖의 일들이 이야기 속으로 짜여들어오기 때문이다.

실업급여 상담 창구 앞에서 번호표를 들고 내 차례를 기다리는데, 애리자 언니에게서 전화가 왔다. 그녀, 애리자는 자기가 막다른 골목에 다다랐다고 얘기했다.

"그러니까 네가 나 좀 도와줘야지."

"내가요? 갑자기? 아니, 언니, 여보세요, 나 지금 여기 어디냐면……"

나는 마음이 약하고, 귀가 얇고, 머릿속이 자주 꽃밭인 사람이다. 내 상상의 정원에서 무슨 일이 일어나는지 볼 수 있는 자가 있다면 수시로 웃음을 꾹 참으며 고개를 절레절레 흔들 것이다. 대책이 없군요, 그러다 후회해요, 그렇게 충고하고 싶어질 것이다. 나는 오 년 만에 전화해서 내게 얹혀 지내려고 부탁하는 사람에게 도리어 내가 그를 실망케 하면 어떡하나를 걱정하기 시작했다. (……) 하지만, 하지만, 나는 언니의 '막다른 골목'이라는 표현이 마음에 들었다.

"알겠어, 언니야. 정 그렇다면……"(203~204쪽)

하지만 기준영의 소설이 누군가가 불쑥 문을 두드리는 소리에 화답해서 문을 열어준다는 식으로만 설명하는 것은 불충분하다. 그런 소리를 기다리고 그런 소리에 귀기울이는 사람에게만 그런 소리가 찾아올 수 있기 때문이다.

나를 부르는 소리는 내가 귀기울이는 데서만 난다.(「나를 부르는 소리」, 68쪽)

예민하게 귀를 기울이는 신부의 감각이 무슨 강렬한 전기신호처럼 부인의 온몸으로 전달되는 듯했다. (……) "신부님께 고해하고 싶다는 마음이 들었습니다"(……).(「헬레나의 방식」, 104~107쪽)

기준영의 소설들은 두드리는 자에게만 문이 열린다고 말하는 대신에, 열어줄 채비가 되어 있는 자에게만 기쁜 소식인 문두드리는 소리가 찾아온다고 말하는 것 같다. 동령의 표현으로 바꿔 말하면, "마음이 약하고, 귀가 얇고, 머릿속이 자주 꽃밭인 사람"에게만.

혹은, 그 내용이 아니라 그 내용을 말하는 '목소리'에 매혹될 줄 아는 사람에게만.

*

    스펙터클한 사건을 기대하는 것이 아니면서도, 언제나 외출과 일탈의 가능성을 향해 들썩거리고 있는 기준영의 내러티브는 바로 그 때문에 '목소리'에 매혹될 때가 많다. '목소리'는 우리가 무엇인가를 말할 때 전달하고자 하는 의미, 나눠 가질 수 있는 의미, 다른 맥락에도 이런저런 방식으로 적용해볼 수 있는 의미로는 결코 환원될 수 없는 낯선 독특함이고 이질성이기 때문이다.

    그래서 「여름의 목소리」의 홍경은 "멀거나 가까운 데서 부지런히 우는 새들의 지저귐이 (……) 히콕히콕, 꺅꺅꺅, 스즈스즈부, 도이치도이치 등으로" 뭐라 옮겨 적어야 할지 모르게 미끄러지며 들리는 것에 매혹돼 있고, 그 새소리들에 매혹된 자신과 "의도를 바로 알아차릴 수 없는 알쏭달쏭한 대사들을 내뱉는 인물들에게 흥미를 느끼는 자신"(74쪽)을 중첩시키는 가운데, 낯선 사람이나 마찬가지인 원진과 새로운 관계를 맺고 자기 삶의 새로운 이야기를 써보려는 참이다. 옮겨 적을 수 없는, 알쏭달쏭한 대사들과도 같은, 독특하고 이질적이고 매혹적인 새소리를 독자들은 상상하려 애쓰면서 이 소설을 읽어나가야 한다. 그것은 마치 통화 장면이 자주 나오는 이 소설에서 서로에게 낯선 사람들이 그 목소리의 독특함을 먼저 수신

한 뒤에야 모종의 만남이 시작되는 과정을 지켜보며 그들의 목소리의 인상을 어렴풋하게나마 상상하게 되는 것("그의 상상 속에서 기골이 장대한 모녀가 막 호텔로 들어서고 있었다. (……) 그간 몇 차례의 통화에서 느껴진 부인의 고집스러운 기세가 그런 식으로 이미지화된 듯했다", 89쪽)과도 함께 가는 일이다. 옮겨 적을 수 없고 전달 불가능한 그 목소리의 독특함에 대해서 「헬레나의 방식」의 헬레나는 이렇게 정리해서 말한다. "그러다 곧 깨달았지요. 저는 제 (……) 목소리를 흉내내지 못하리란 걸."(108쪽)

그 낯설고 독특한 것과 만날 수 있다는 기쁨이 기준영의 내러티브를 들썩거리게 만든다. 주인공이나 서술자보다 어리고 그래서 낯선 세대의 인물(어린이와 청소년)이 기준영 소설에 꾸준히 등장하는 것도 내게는 같은 맥락처럼 보인다("세상에서 딱 하나밖에 없는 걸 신부님께 드리려고 자수를 배웠어요"(109쪽) 하고 말하는 「헬레나의 방식」의 류준 그레고리오와 김희송 안젤라나 「곽수산나와 경우의 수」에서 손님이 들어가 있는 화장실에 대고 "약한 노크 두 번, 센 발길질 한 번"으로 문을 두드리는 "심술궂은 표정"(144쪽)의 여자아이가 기억난다. 「부소니호텔, 가을」에서 너무나 기묘한 꿈을 꾸고 그로부터 자신의 재탄생을 선언하는 씩씩하고도 사려 깊은 원희지도). 목소리에 대한 애호와 더 어린 세대의 인물들에 대한 애호가 낯설고 독특한 것과의 만남에 대한 기쁨 속에서 서로 교차할 수 있는 것이라면, 「신세계에서」의 이열음의 이름은 그래서 '悅音'이 되는 것일까? '기쁜 소리'라고 풀이되는 그 이름이? 소설 속에서 김호경은 이열음의 이름을 '여름'이라고 잘못 들었지만 (176쪽) 나는 '열음'을 '열다[開]'의 명사형으로 잘못 들어도 좋을 것 같다. 그렇게 하면 '낯선 세대의 인물'인 이열음의 이름에 '기쁨'과 '소리'와 '열림'이 모두 함께 들어가게 되니까.

'목소리'를 빈번하게 강조하는 만큼, 어리고 낯선 세대의 인물들을 자주 등장시키는 만큼, 기준영의 소설에는 자기 집이 아닌 낯선 곳에서 임시로 기숙하거나 그리로 잠시 여행 다녀오는 이야기가 빈번하다. 물론 그것도 같은 맥락에서일 것이다. 외출과 일탈의 가능성을 향해 들썩거리고 있는 기준영의 내러티브…… 좋은은 자기 집을 나와 낯선 사람의 집에서 머물고 다미는 낯선 땅 미국으로의 여행을 준비중이며(「다미와 좋은, 울지 않아요」), 동령과 애리자는 오래전 집을 떠나 부산의 한 수도원에 머무르며 몹시 슬프고 고통스러운 시기를 통과했던 적이 있고 그 인연에 기대 현재 애리자는 동령의 집에 찾아온 것이다(「모든 이의 모든 것」). 박상림과 손혜은은 거처가 불분명하거나 도피중이고(「나를 부르는 소리」), 헬레나는 오래전 자기 인생에서 도망치듯 바닷가 어느 호텔로 숨어들어가 일을 하다가 지금의 남편을 만났다(「헬레나의 방식」). 홍경은 호텔에서 일한 적이 있는데 거기서 만난 투숙객과 몹시 인상적인 에피소드를 만들어냈고(「여름의 목소리」), 이원과 그의 조카 이열음은 2박 3일 일정으로 부산 여행을 떠나왔으며(「신세계에서」), 염세정과 그 딸 권보경, 그리고 권보경의 친구 원희지는 강릉의 한 호텔로 여행을 다녀온다(「부소니호텔, 가을」).

*

앞에서 나는 기준영의 소설이 '변신'과 '부활'에 관한 이야기이기도 하다고 썼는데, 물론 그때 나는 변신과 부활을 '삶의 패턴의 변화 가능성'에 대한 은유로 제시했다. 하지만 기준영 소설에서 이 은유가 은유가 아니게 될 때가 있다. 예컨대 「헬레나의 방식」의 손민우 아우구스티노 신부는 그가 성직자가 되기로 결심한 것과 무관하지 않은 유년기의 체험 속에서 "자신이 호랑이로 둔갑하는 과정일 거라는 이상한 확신을 품"(103쪽)은 적이 있다. 나중에 신자들을 사랑하고 또 신자들에게 사랑받는 신부가 되어서 경쾌하게 웃을 때는 그 웃음소리 속에서 푸드덕거리는 날갯소리를 내며 거의 천사로 변신하는 듯하다. 그의 얼굴이 어떠했는가를 생각해보면 아우구스티노 신부가 때때로 천사로 변신했다는 생각이 마냥 과장인 것만은 아닌 듯하다. 구자영 헬레나는 사람들에게 둘러싸인 신부를 볼 때면 "찬 겨울날 윤슬을 바라볼 때처럼 깨끗한 기쁨이 마음에 차올라 그걸 '빛'이라고 인식할 수 있었"(104쪽)던 것이다. 볼 수 없는 빛을 보게 만드는 신부의 힘이 거의 천사와도 같은 것이라고 해도 되지 않을까. 헬레나가 아우구스티노 신부의 빛을 알아보고 그 빛에 이끌려 그에게 모종의 비밀을 털어놓으려 할 때 헬레나 또한 변신중이라고 할 수 있다. 그 점에 대해서라면 헬레나의 오랜 친구 한미정이 보증해준다.

내 오랜 친구, 이 능구렁이는 지금 탈피중인 모양이야. 낯설고, 놀랍고, 신기하고, 또 약간은 징그러워.(119쪽)

그런데 내 생각에 「헬레나의 방식」은 변신과 부활에 관한 이야기이기도 하지만 '용서'에 관한 이야기이기도 하다. 헬레나가 녹음기를 통해 아우구스티노 신부에게 전달한 고해성사는 결국 용서를 구하는 것이었기 때문이다. 용서를 구한다고? 무엇에 대해서? 꿈속에서 갈증에 시달리는 사람들이 이후 어떻게 되는지 알지 못한 채 꿈에서 깨어났다는 사실에 대해서. 돌이켜 생각해보니 "사방이 컴컴한 데 혼자 남겨진 사람"(125쪽)처럼 보였던 장온조에게, 그가 그런 사람인 줄도 모르고 어느날 무심결에 "인간이 너무 지겹다고 이야기한 적이 있"(124쪽)다는 사실에 대해서. 얼마 지나지 않아 장온조는 새벽에 혼자

산을 타다 실족사했고 그 안타까운 죽음이 마치 자살처럼 느껴지기도 했는데, 그가 죽음 앞에 서 있었을지도 모른다는 것을 당시의 헬레나는 끝내 알아챌 수 없었다는 사실에 대해서.

도대체 그런 것이 용서받아야 할 잘못이기는 하냐는 의견도 있을 수 있겠지만 그런 의견이 헬레나에게 도움이 될 것 같지는 않다. 헬레나에게 필요한 것은 아마 판단이 아니라 용서였을 것이고 「헬레나의 방식」은 그것을 헬레나에게 준다. 아우구스티노 신부가 헬레나의 고해성사를 듣고 안타까워하거나 용서하거나 그녀를 용서해주길 신께 기도하는 장면이 그려진 것이 아닌데도 그렇다. 왜냐하면 헬레나가 오랜 기간 간직해온 장온조라는 비밀을 자기 안에서 꺼낸 그 행위를 통해서, 그 비밀 이야기를 신부에게 들려줌으로써 또다른 이야기들 속으로 끼워넣는 그 행위를 통해서, 그것이 이제는 비밀이 아니고 누군가의 이해나 오해 속으로 섞여들게 한 바로 그 행위를 통해서, 이 이야기 행위에 도달하기까지 자신의 잘못이 아닌 일에 대해서도 눈을 감게 되는 일을 몹시 불길하게 여기는 사람이 이미 되어온 바로 그 변신의 행위를 통해서, 그러한 사실들을 모조리 듣고 끌어안아준 아우구스티노 신부의 귀에 의해서 용서받았을 것이다(녹음기 속 헬레나의 고해성사를 모두 듣고 나서 아우구스티노 신부가 "오늘은 실은 기쁘고 아름다운 날이었다"고 생각하고 "아우구스티노 신부는 덩달아 기뻐한다네/ 오늘은 비가 내렸고/ 또 비가 개었지"(126쪽)라고 기타를 치며 즉흥곡을 지어 부른 것이 끌어안고 용서한 것이 아니면 대체 무엇이란 말인가). 헬레나가 아직 자신이 용서받았다는 사실을 모를지라도 이 소설만큼은 그 사실을 알고 있는 것 같다. 그것이 「헬레나의 방식」이 헬레나가 용서를 얻게 해주는 방식이다.

나는 앞에서 「헬레나의 방식」은 '변신'과 '부활'에 관한 이야기이기도 하지만 '용서'에 관한 이야기이기도 하다고 썼는데, 그 주제들이 서로 별개의 것은 아닐 것이다. 용서하게 된 사람, 용서받게 된 사람은 부활한 사람이고 변신한 사람일 테니까. 고해성사 이후 헬레나는 용서를 얻어 아주 조금 다른 사람이 되어 다시 살아가게 될 것이니까. 그게 아니라면 기나긴 '탈피'의 과정을 거쳐 아주 조금 다른 사람이 됐기에 부활하고 변신한 끝에 드디어 용서를 얻을 수 있었을 테니까. '용서'가 누군가의 과거 행위를 없었던 일로 만들 수는 없겠지만, 과거의 행위가 누군가를 붙잡아 원한과 증오와 자책에 사로잡히게 한 것을 조금 느슨하게 해줄 수는 있을 것이다. 그가 과거의 행위를, 또 과거의 행위가 그를 서로 놓아줄 수 있게 도와줄 수는 있을 것이다. 과감하게 말해서 용서는 과거의 행위로부터 그 행위자를 해방시켜주는 것이다.[7] 그리고 그런 한에서 용

---

7) 줄리아 크리스테바, 같은 책, 135쪽.

서는 결국 경직된 이야기를 풀어주고 움직이게 하는 것이고 변신시키고 부활시키는 것이며, 다시 한번 열림과 외출과 일탈의 가능성을 자극하는 것이다. 그렇다면 용서는 삶과 은유와 이야기의 돌림노래의 출발 지점인 동시에 목표 지점일 것이다.

그것은 「모든 이의 모든 것」의 마지막 장면에서 수도원에 있던 동령이 했던 바로 그 비범한 행위이다. 어쩌면 아무것도 아닐지도 모르는 존재들 하나하나를 그 아무것도 아님에 대해서 용서해주고 그렇게 해서 그것들을 긍정하고 소중히 간직하면서 바로 그 행위를 통해 소중한 무엇인가를 간직할 수 없었던 자신이 용서받을 수 있게 해주는 것. 용서하기를 통해 용서받기. 혼자서 해내기에는 너무나 어려운 그 일을 우리 보잘것없는 인간들이 서로를 부축하고 도와주며 해내기. 동령이 쓴 그 길고 긴 리스트는 여기에 다 옮기지 않았는데 그 빈자리에 독자들이 저마다 자기만의 리스트를 채워넣을 수도 있으리라. 이 리스트를 이어 쓰는 우리의 표정이 고해성사를 녹음하는 헬레나의 그것과 다르지 않으리라.

언니야. 나는 어쩔 수 없이 지금 여기, 신의 가호 아래 앉아서 이런 걸 상상해보고 있어. 내 무덤에는 내가 어렸을 때 수집하고 싶었던 물건들을 따로 모아둔 수장고가 하나 있었으면

해. 이 아이디어를 내가 손쉽게 폐기하지 않도록 언니가 혼자 있을 때 이걸 소리 내어 읽어 내게 텔레파시로 보내주면 좋겠어. 리스트는 다음과 같아.

화려한 자개로 장식한 아코디언, 새빨간 비단에 금실로 수를 놓아 만든 쿠션 커버, 동전을 넣을 때마다 자동으로 디스코 음악을 재생하는 원숭이 저금통, (……)(229쪽)

작가의 말

여기 묶인 소설들은 한없이 작고 낮아진 내가 용기를 내어 한 걸음씩 빛을 좇아 나아간 시기에 쓰였다. 소소하게나마 전에 안 해보았던 일들을 시도하고, 새로운 질문을 안고서 낯선 만남의 장으로 들어서기도 하던 지난 몇 년간에. 그 작은 모험이 가능했던 이유는 내일을 알 수 없어서였다.

나는 종종 힘을 빼고 걸었고, 또 힘을 빼고 말했다. 누군가를 진짜로 만나는 일에 대해서 생각하며 내게 일어난 놀라운 우연과 필연들을 헤아렸다. 스스로와 타인에게 전보다 너그러운 사람이 되고 싶다는 희망을 품었고, 그렇게 하지 못했던 날에는 왜 그랬을까를 곰곰이 짚어보았다.

그런 가운데 써나간 단편소설들이 하나둘 쌓여 마침내 한 권의 책으로 다듬어져갈 무렵, 편집부로부터 이 소설집의 제목을 '내일을 위한 힌트'로 하면 좋겠다는 의견을 들었다. 이제 나는 이루 말할 수 없는 감정을 안고서, 혼자서는 완성할 수 없었을 이 소설집이 어떤 응답이라고 느낀다.

네번째 소설집을 펴내며 감회가 새롭고 기쁘다. 정민교 편집자님께 여러모로 많이 의지했으며 자주 감탄했고, 김내리 편집자님과 함께해 든든했다. 편집부의 노고에 진심으로 감사드린다. 멋진 해설을 써주신 권희철 선생님, 애정어린 추천사를 써주신 김기태 작가님과 이다혜 기자님께 깊이 감사드린다. 아름다운 모양새로 소설을 꾸려주신 이혜진 디자이너님, 한 권의 책이 나오기까지 곳곳에서 애써주신 문학동네 관계자분들께도 인사를 드린다.

가끔 나사 풀린 듯이 반응하는 엉뚱한 나를 나답다고 여기며 웃어넘기는 부모님과 사랑하는 동생 현정, 영훈에게도 고마운 마음을 전한다. 멀고 가까운 친척분들께, 친구가 되어주셨던 이들께, 모이고 흩어지는 인연들에, 미지의 독자분들께, 믿음의 순간들에도 감사하다.

매일 사랑하는 마음을 되찾으며, 끝내 다 알지 못할 삶의 신비와 자연의 섭리에 경외감을 지니고서 더 나아가보겠다. 작가로서, 한 인간으로서.

2025년 봄

기준영

| 수록 작품 발표 지면 |

다미와 종은, 울지 않아요 …… 『한국문학』 2023년 상반기호

나를 부르는 소리(발표 당시 제목은 '부르는 소리')

    …… 『현대문학』 2020년 5월호

여름의 목소리 …… 『자음과모음』 2024년 가을호

헬레나의 방식(발표 당시 제목은 '결속과 끈기')

    …… 『창작과비평』 2022년 봄호

곽수산나와 경우의 수 …… 『저는 MBTI 잘 몰라서…』(읻다, 2023)

신세계에서 …… 『문학동네』 2023년 봄호

부소니호텔, 가을 …… 『당신을 기대하는 방』(아침달, 2024)

모든 이의 모든 것 …… 문장 웹진 2023년 8월호

문학동네 소설집
내일을 위한 힌트
ⓒ 기준영 2025

초판 인쇄 2025년 3월 13일
초판 발행 2025년 3월 26일

지은이 기준영
책임편집 정민교 | 편집 김내리 | 모니터링 이희연
디자인 이혜진 최미영 | 저작권 박지영 형소진 오서영
마케팅 정민호 서지화 한민아 이민경 왕지경 정유진 정경주 김수인 김혜원 김예진
　　　나현후 이서진
브랜딩 함유지 박민재 이송이 김희숙 박다솔 조다현 김하연 이준희
제작 강신은 김동욱 이순호 | 제작처 영신사

펴낸곳 (주)문학동네 | 펴낸이 김소영
출판등록 1993년 10월 22일 제2003-000045호
주소 10881 경기도 파주시 회동길 210
전자우편 editor@munhak.com | 대표전화 031) 955-8888 | 팩스 031) 955-8855
문학동네카페 http://cafe.naver.com/mhdn
인스타그램 @munhakdongne | 트위터 @munhakdongne
북클럽문학동네 http://bookclubmunhak.com

ISBN 979-11-416-0199-7 03810

* 이 책은 서울특별시, 서울문화재단 '2024년 창작집 발간지원사업'의 지원을 받아 발간되었
　습니다.

잘못된 책은 구입하신 서점에서 교환해드립니다.
기타 교환 문의 031) 955-2661, 3580

www.munhak.com